Fanny, die »Königin«, ist eine vom Schicksal immer wieder hart getroffene Frau, die ihren Lebensabend alleine verbringt und über alles Vergangene schweigt. Auch das Tagebuch auf ihrem Nachtkästchen, ein Geschenk ihrer Enkelin, lässt Fanny unberührt liegen, statt es mit den Tragödien des Erlebten zu füllen. Doch in Tagträumen und schlaflosen Nächten kann sie sich der Erinnerungen nicht erwehren, und so zieht ihr ganzes Leben in aufwühlenden Bildern an ihr vorbei: beginnend mit der Kindheit auf dem elterlichen Hof in den 1930er-Jahren bis zu ihrem nahenden Tod.
Laura Freudenthaler beeindruckt mit einem feinsinnigen Gespür für Stimmungen und Emotionen. Ihre sorgsam ausgewählte Sprache und Erzählweise schafft eine verblüffende Verbindung aus Wahrnehmung, Erinnerung und Wieder-Erleben.

LAURA FREUDENTHALER, geboren 1984 in Salzburg. Studium der Germanistik, Philosophie und Gender Studies, lebt in Wien. Für *Die Königin schweigt* erhielt sie den Förderpreis zum Bremer Literaturpreis 2018, der Roman wurde als bestes deutschsprachiges Debüt beim *Festival du premier Roman* 2018 in Chambéry ausgezeichnet. 2019 erschien ihr zweiter Roman *Geistergeschichte.*

Laura Freudenthaler

Die Königin schweigt

Roman

btb

Sollte diese Publikation Links auf Webseiten Dritter enthalten,
so übernehmen wir für deren Inhalte keine Haftung,
da wir uns diese nicht zu eigen machen, sondern lediglich auf
deren Stand zum Zeitpunkt der Erstveröffentlichung verweisen.

Verlagsgruppe Random House FSC® N001967

2. Auflage
Genehmigte Taschenbuchausgabe Oktober 2019
btb Verlag in der Verlagsgruppe Random House GmbH
Copyright © 2017 by Literaturverlag Droschl, Graz
www.droschl.com
Mit freundlicher Unterstützung der Kultustiftung der Stadt Wien
Covergestaltung: semper smile, München
Covermotiv: © Shutterstock/Julia Lototskaya
Druck und Einband: GGP Media GmbH, Pößneck
MK · Herstellung: sc
Printed in Germany
ISBN 978-3-442-71705-7

www.btb-verlag.de
www.facebook.com/btbverlag

Meinen Vorfahrinnen

Manchmal kochte sie Kaffee und ging, während das Wasser durch den Filter rann, zur Haustür, wie sie es früher jeden Morgen gemacht hatte, um die Zeitung zu holen. In der Zeitungsrolle steckten die Zeitungen von vielen Tagen, und als Fanny sie herauszog, fiel ein kleines Tier auf die Steintreppe. Ein Ohrenschliefer. Als das Kind klein gewesen war, hatte Fanny wieder und wieder die Geschichte erzählen müssen, wie einmal, damals im Dorf, ein Holzfäller zu ihr gekommen war, weil er solche Schmerzen im Ohr gehabt hatte. Das Kind hatte während des Erzählens die Hände in Richtung seiner Ohren gehoben und die Augen geschlossen, weil es nicht sehen wollte, was es sich vorstellte. Es hatte sich die Ohren aber nie zugehalten, sondern bis zum Schluss zugehört und einen Laut zwischen Grauen und Entzücken ausgestoßen, wenn Fanny erzählte, wie sie dem Holzfäller mit der Pinzette einen dicken Ohrenschliefer aus dem Ohr gezogen hatte. Fanny wischte das Tier mit dem Fuß vom Rand der Treppe. Als die Enkeltochter älter gewesen war, hatte sie vorwurfsvoll gesagt, es sei gar nicht wahr, dass Ohrenschliefer in Ohren kriechen und Fanny habe ihr Schauergeschichten erzählt. Fanny schaute sich im vorderen Teil ihres Gartens um. Die Sträucher mit den kleinen Rosenblüten waren schon lange nicht mehr da. Die Tanne stand unverändert in der linken Ecke des Gartens und zog Krähen an, die lange unbeweglich auf den breiten Ästen saßen. Manchmal ging Fanny bis zum Gartentor und schaute auf die Straße hinaus. Wenn sie einen Nachbarn sah, der sie bemerkte und eine Hand zum Gruß hob, womöglich in ihre Richtung kommen wollte, ging Fanny zurück ins Haus. Sie schenkte Kaffee in eine Tasse. Wenn die Milch sauer war, gab sie ein wenig Wasser dazu. Sie setzte sich an den Esstisch und verrührte einige Löffel Zucker im Kaffee. Sie suchte in einer der Zeitungen das Kreuzworträtsel und nahm einen Kugelschreiber zur Hand. Die Brille lag wahrscheinlich auf dem Fensterbrett im Wohnzimmer. Sie versuchte, die Angaben zu erkennen, die sich ohnehin seit Jahrzehnten wiederholten, und trug ein paar Buchstaben in die Kästchen ein. Die Enkeltochter sagte, Fannys Buchstaben sähen aus wie Fliegenbeine. Fanny schaute zum Küchenfenster. Früher hatte sie den Briefträger daran vorbeigehen sehen, dann war sie zur Haustür gegangen, hatte die Post entgegengenommen und ein paar Worte mit ihm gewechselt. Jetzt war der Briefträger nicht mehr derselbe und kam zu unterschiedlichen Zeiten. Fanny wusste nicht mit Bestimmtheit zu sagen, wie spät es war, welche Tageszeit. Sie schaute wieder auf das Kreuzworträtsel. Ein Wort tauchte in ihrem Kopf auf und war nicht das, das sie gesucht hatte. Eine einzelne Silbe, von der Fanny nicht wusste, wohin sie gehörte. Aber wenn sie so am Küchentisch saß, mit einem Kaffee und der Zeitung, dann konnte es geschehen, dass sich der Moment wie früher anfühlte.

SIE WAR IMMER GERN MORGENS als erste auf den Beinen gewesen, während alle anderen noch schliefen. Es hatte etwas Heimliches, als einzige wach zu sein. Niemand wusste, dass man da war. Eine halbe oder ganze Stunde lang war Fanny allein gewesen, hatte Kaffee getrunken und überlegt, was an diesem Tag zu tun war, hatte dann langsam begonnen mit einzelnen Verrichtungen. An guten Tagen fühlten sich Momente wie früher an, einzelne vergangene Momente, die herüberreichten, weil sie viele Male erlebt worden waren. Oft aber konnte Fanny tagelang nicht aufstehen und auch keinen Moment vom anderen unterscheiden. Sie lag in ihrem Ehebett, das sie nie wieder, jahrzehntelang nicht, mit jemandem geteilt hatte, während vor den Fenstern die Tage vorübergingen. Im Zwetschkenbaum saßen die Vögel, flüchteten, wenn es regnete, kamen wieder, wenn die Sonne schien. Manchmal glaubte Fanny, jemanden um das Haus schleichen zu hören. Das Telefon läutete. Fanny versuchte, in ihrem Körper den Impuls zu erzeugen, der sie aufrichten und aus dem Bett ziehen würde. Vergeblich. Sie hörte dem Telefon beim Läuten zu. Sie stellte sich vor, dass Hanna dem Läuten im Hörer lauschte und darauf wartete, dass Fanny sich meldete. Daran, wie viel Zeit verging, ehe das Telefon zu läuten aufhörte, las Fanny ab, wie groß die Sorgen waren, die Hanna sich machte, und wie groß die Wahrscheinlichkeit, dass sie ins Auto steigen und in drei Stunden hier durch die Haustür treten würde. Das war erst einmal passiert, aber seither hoffte Fanny jedesmal, es würde wieder geschehen. Das Läuten hörte auf. Fanny hatte es nicht geschafft, aufzustehen. Vielleicht war es auch die Enkeltochter gewesen. Die hatte sich schon lange nicht mehr gemeldet. Hin und wieder kam eine Postkarte aus dem Ausland. Fanny drehte den Kopf auf dem Polster zur Seite. Auf dem Nachtkästchen lag ein Buch mit leeren Seiten und gelb-goldenem Einband. Es erinnerte Fanny an die Enkeltochter. Nur die erste Seite des Buches war nicht leer, darauf hatte die Enkeltochter geschrieben: Liebe Oma. Und darunter stand, sie schenke Fanny dieses Buch zum Aufschreiben ihrer Erinnerungen. Die Enkeltochter hatte mit Fanny über Erinnerungen sprechen wollen. Nicht deine Märchen aus dem Dorf, hatte sie gesagt. Die wirkliche Vergangenheit. Fanny hatte gelächelt. Sie hatte nicht verstanden, was das Kind von ihr wollte. Sie wusste es noch immer nicht. Vielleicht hatte das Kind mittlerweile verstanden, dass man die Toten besser ruhen lässt, und war deshalb verschwunden. Für die Enkeltochter gehörte sie selbst möglicherweise auch zu den Toten. Ob sie denn keine Bilder aus ihrer Kindheit behalten habe, hatte die Enkeltochter gefragt. Bilder, hatte Fanny gefragt. Fotos, hatte die Enkeltochter gesagt. Sie war ungeduldig gewesen. Über gewisse Dinge spricht man nicht, sagte der Vater. Alles, was einmal gewesen war, befand sich nun hier in diesem Haus. Fanny hörte Geräusche aus dem Keller, als arbeite jemand an der Werkbank. Der Morgen, an dem sie den Becher mit dem Kaffee unter den Ribiseln auf der Erde stehen gelassen hatte, war ihr als Bild in Erinnerung geblieben. Der gelbe Ärmel ihrer Bluse im Ribiselstrauch, zwischen dem Grün der Blätter und dem hellen Rot der Beeren. Sie war Schulmeisterin, und niemand außer ihr im Dorf trug Blusen. Der Pfarrer bewunderte Fannys Schönheit. Sie drehte den Kopf auf die andere Seite.

IHRE HAARE WAREN WEISS und würden es bleiben. Das Zittern würde nicht mehr weggehen. Das Telefon läutete und hörte wieder auf. Fanny blickte zum Fenster, öffnete die Augen und schloss sie, wollte einmal wieder tief schlafen. Sie döste und trieb durch die Zeit, saß als kleines Mädchen auf dem Boden im Hof in der Senke. Die Sonne schien warm, und es war windstill. Der Hof war an drei Seiten abgeschlossen. Die vierte Seite nahm ein großes Tor ein, das offen stand. Es war Sommer, der Boden war fest und trocken, mit einer sandigen Schicht obenauf. Darin malte Fanny mit den Fingern Wellen. Auf der Bank an der Hauswand saß die alte Hagerin und pfiff leise beim Ausatmen. Das Pfeifen begleitete die Wellenbewegungen von Fannys Finger. Wenn das Kind aufblickte, sah es die Waden der Hagerin, die zuckten, wenn eine Fliege sich auf der Haut niederließ. Bläuliche Wellen liefen auch über die Waden. Fanny hatte hinter dem Pfeifen noch etwas gehört. Sie legte einen sandigen Finger ans Kinn und blickte sich um. Ein Vogel schrie und war dann stumm. Das Geräusch war vom Stall gekommen, Fanny horchte. Von überall legten sich mit einem Mal die Geräusche über jenes im Stall. Fanny vernahm Schläge, ein Hämmern aus der Ferne, das Brüllen eines Tieres drang schwach bis in den Hof. Aus dem Stallgebäude trat eine hohe Gestalt. Der Vater kam über den Hof in Fannys Richtung. Je näher er kam, desto größer wurde er. Er blieb bei ihr stehen. Das Kind legte den Kopf zurück und schaute zu ihm hinauf. Der Vater nickte und nannte es beim Namen: Fannerl. Der Vater streckte eine Hand aus, als wollte er nach Fannys Kopf fassen, sie spürte die Finger durch die Luft streichen. Ein loses Haar verfing sich in der rauen Hand, ein Ziehen und ein kleiner Schmerz, als es sich aus Fannys Kopfhaut löste. Der Vater nickte noch einmal und ging weiter, auf das Tor zu. Fanny wollte ihm nachgehen. Sie war gerade aufgestanden und ein paar Schritte gegangen, als sie ihn durch das Tor verschwinden sah und von hinten unter den Achseln ergriffen und hochgehoben wurde. Die alte Hagerin trug Fanny wieder an ihren Platz. Das Kind wand sich und versuchte die Hand zu beißen, die es hielt. Fanny mochte die Magd nicht, die damit beauftragt war, sie zu bewachen.

ERST SPÄTER BEGRIFF SIE, dass es im Dorf kein anderes Kind gab, auf das jemand aufpasste. Die anderen Kinder waren im Pulk unterwegs, im Wald und auf den Höfen, und suchten nur dann einen Erwachsenen, wenn eines sich verletzt hatte. Später hörte Fanny sagen, in der ganzen Gegend habe es zwei Kindermädchen gegeben, eines für die Kinder der Herrschaft und eines für das Fannerl. Der Herrschaft gehörte aller Grund und Boden und auch das Sägewerk, in dem viele Männer arbeiteten. Fanny kannte das Schloss, in dem die Herrschaft angeblich wohnte, aber sie hatte noch nie einen von ihnen gesehen, auch nicht die Kinder. Die Mutter sagte später, die alte Magd, die sie Hagerin nannten, sei für keine Arbeit mehr zu gebrauchen gewesen und habe deshalb auf Fanny aufgepasst, während die anderen auf dem Feld waren. Manchmal war die Zeit sehr lang, bis die Eltern und der Bruder endlich wiederkamen. Aber egal, wie lange Fanny gewartet hätte, bis sie im Tor auftauchten, sie hielt die Lippen fest geschlossen, damit die Freude nicht nach außen drang. Auch wenn es in der Kehle schmerzte, blieb Fanny unbewegt sitzen, während die Eltern und der Bruder näher kamen. Die Erwachsenen verschwanden im Haus, und der Bruder ließ sich neben Fanny auf der Erde nieder. Toni war ein paar Jahre älter als sie und konnte schon auf dem Feld helfen. Gemeinsam zeichneten sie Figuren in den Sand. Fanny lehnte ihren gesenkten Kopf weiter nach vorne, und Toni beugte seinen Nacken, bis ihre Köpfe sich trafen, Scheitel an Scheitel. Wenn sie zum Essen gerufen wurden, standen sie auf, als hätten ihre Körper während dieses Sitzens an Gewicht gewonnen. Beim Essen war Fannys Platz neben dem Vater. Einmal war sie auf seinen Schoß geklettert und hatte ihm die Arme um den Hals gelegt. Sie hatte ihm etwas sagen wollen. Der Vater hatte den Kopf nach hinten gebogen und von dort das Kind betrachtet. Fanny hatte die Entfernung gesehen, die sich in seinem Blick auftat, als der Vater den Kopf zurücknahm. Sie spürte, dass ihre Hände am Vaterhals ungehörig waren. Ihre Hände waren schmutzig und klebrig. Fanny nahm die Hände weg und legte sie auf den Brustkorb des Vaters, um sich abzustützen. Der Brustkorb des Vaters war hart. Das Kind schämte sich. Es kletterte vom Schoß des Vaters und setzte sich neben ihn auf die Bank.

WENN DER VATER AUS DER KÜCHE GEGANGEN WAR, verschwand Fanny unter dem Tisch und unter der Bank. Sie kroch nach hinten in die Ecke, wo es dunkel war und eigenartig roch. Das Kind hatte die Vorstellung, dass die Gerüche nach unten sanken. Die Gerüche des Essens und der Menschen am Tisch, ihr Atem, die Gerüche aus ihren Kleidern, den Röcken der Mutter und den Hemden des Vaters. Die Gerüche aus den Schüsseln, von den Händen und den Hälsen sanken nach unten und sammelten sich unter dem Tisch und unter der Bank. So wie der Staub sich in den Ecken verdichtete, so taten sich auch die Gerüche zusammen und verharrten in der Dunkelheit unten, dort, wo das Kind hockte. Fanny rückte tief in die Ecke, sie passte sich ein. Unter sich spürte sie den Holzboden, am Rücken und zu beiden Seiten die Wand. Der Druck, das harte Holz von oben gegen ihren Kopf, beruhigte Fanny. Von hier aus konnte sie den Beinen der Mutter zusehen, wie sie herumgingen und geschäftig waren. Die Beine der Mutter waren meist in Bewegung, und wenn sie an einer Stelle verharrten, konnte Fanny an ihnen ablesen, welche Tätigkeit der Oberkörper und die Hände der Mutter verrichteten. Manchmal aber geschah es, dass die Mutter auf der Bank saß und vergessen hatte, womit sie gerade beschäftigt gewesen war. Sie saß ruhig, wie träumend. Fanny unter der Eckbank wusste diesen Zustand an den Beinen der Mutter abzulesen, die sie so gut kannte, vielleicht besser als den Rest der Mutter. Die Mutterbeine sahen in diesen Momenten aus, als schliefen sie, als erholten sie sich von dem Gerenne, als lächelten und murmelten sie manchmal im Schlaf. Zärtlich wirkten die Beine der Mutter in diesen Momenten. Fanny kroch zu ihnen und legte eine Hand auf eine Wade, um sich anzukündigen, bevor sie aus ihrem Versteck vor der Mutter auftauchte. Als schliefe sie, blickte die Mutter ihre Tochter an. Sie legte die Arme um Fannys Körper und ihren Kopf an den Kopf des Kindes. Fanny spürte die Mutter atmen. Sie hielt still. Ihre Hände lagen auf den Oberschenkeln der Mutter. So musste es sein, bei der Mutter im Bett zu schlafen. Man wusste nicht, wo die eigene

Körperwärme aufhörte und die der Mutter begann. Wenn Fanny im Bett lag, spürte sie immer genau die Umrisse ihres Körpers, an denen die Bettdecke festgesteckt war. Mit den Fingern unter der Decke hervor ertastete sie den Bettrand, dort war es dunkel und kalt. Das Schlafen im Bett bei der Mutter stellte Fanny sich als eine grenzenlose Hülle aus Wärme vor. Noch immer hatte die Mutter ihren Kopf an Fannys Kopf gelegt, als schliefe sie. Die Beine erwachten vor dem Rest der Mutter. Während die Mutter noch an Fannys Hals atmete, spürten Fannys Hände, wie die Oberschenkel unruhig wurden. Unter ihren Händen, unter dem Stoff und unter der Haut spürte Fanny das Drängen der Beine, ehe die Mutter ihre Arme von Fanny löste. Im Aufstehen strich sie sich die Schürze glatt. Sie müsse sich um das Kompott kümmern, sagte die Mutter. Fanny blieb noch einen Moment lang stehen, bevor sie sich wieder unter die Eckbank zurückzog. Die Mutter ging in die Speisekammer und kam wieder in die Küche. Als sie sich bückte, um einen Topf aus der Anrichte zu holen, kam einen Moment lang ihr Gesicht in Fannys Blickfeld. Es gab eine Stimme, mit der die Mutter zu sich selbst sprach, man konnte sie hören oder auch nicht.

Fanny horchte auf das Summen in der Luft, das war das Geräusch der Sonne. In ihrem Licht sah das Kind winzige Staubwesen über den Boden tanzen, die sich in wirbelnde Derwische verwandelten, als die Mutter mitten durch sie hindurch zum Herd ging, und sich erst beruhigten, als sie dort eine Weile stehen blieb. Im Sonnenlicht, das durch das Küchenfenster schräg auf den Boden fiel, sanken die Staubwesen wie in Wasser lautlos nach unten, stiegen langsam wieder nach oben und drehten sich wie selbstvergessene Mädchen, die allein tanzten. Fanny schlief ein. Sie wachte auf, als der Bruder zu ihr unter die Bank kroch. Toni kam seine Schwester besuchen, und zur Begrüßung legte Fanny ihm eine Hand auf den Scheitel. Der Bruder kauerte sich neben sie. Während die Sonne in der Luft summte, flüsterten unter der Eckbank die beiden Kinder. Toni kämmte mit seinen Fingern das Haar der Schwester und versuchte, das Nest aus verfilzten Haaren aufzulösen, das sich an ihrem Hinterkopf immer bildete. Dann musste er gehen, weil die Mutter nach ihm rief. Als Fanny den Schritt des Vaters hörte, kroch sie eilig unter dem Tisch hervor und stellte sich neben die Mutter an den Herd. Wenn der Vater sah, dass Fanny sich unter der Eckbank aufhielt, fragte er, ob sie denn ein Hund sei. Fanny wusste, dass Hunde Flöhe hatten und nicht ins Haus durften. Wie ein Hund liegt sie da unten, sagte der Vater zur Mutter, die ihn nicht ansah. Der Vater mochte es nicht, wenn Menschen sich wie Tiere benahmen. Über eine Frau aus dem Dorf sagte er, sie schleiche herum wie eine Katze, mit ihrem schiefen Blick, und den Pfarrer aus dem Nachbarort verglich er mit den Vögeln, die die Saat vom Feld stahlen. Am schlimmsten aber war ein Mensch, der den aufrechten Gang aufgab.

Es KAM VOR, dass der Vater Fanny und Toni im Hof erwischte. Wenn sie nichts zu tun hatten und niemand in der Nähe war, legten sie sich in der Mitte des Hofes auf die warme Erde. Sie lagen auf dem Rücken, die Köpfe dicht nebeneinander, und erzählten sich Geschichten über die Zigeuner, die einmal im Jahr in die Gegend kamen. Die Mutter wartete auf die Zigeuner, damit sie die Töpfe ausklopften und die Messer schliffen. Fanny ließ den Mann, der die Töpfe und Messer bearbeitete, nicht aus den Augen. Sie stand in der Stalltür und beobachtete ihn, bis er sie bemerkte. Er hob eine Hand zum Gruß und sagte etwas, das Fanny nicht verstand. Sie ging näher zu ihm. Sie wollte hören, was er sagte, doch die Mutter rief sie weg. Fanny musste ins Haus gehen. Der Mann lachte und winkte ihr zu. Wenn sie im Hof auf dem Rücken lagen, erzählten sich Fanny und Toni alles, was sie über die Zigeuner wussten. Vor allem Toni erzählte, denn er wusste mehr als seine Schwester. Er erzählte, dass die Zigeuner kein Haus hatten und dass sie alle Musiker waren und laut sangen und dazu tanzten. Er hatte außerdem gehört, dass sie sich manchmal gegenseitig im Streit umbrachten. Wenn Fanny und Toni über diesen Geschichten ihre Wachsamkeit vergessen hatten, erschien über ihnen der Vater. Eben noch hatten sie beim Reden in einen weiten Himmel geschaut, da blickte im nächsten Moment der Vater aus der Höhe auf sie hinunter. Er sagte nichts, er betrachtete seine Kinder, die sich unter seinem Blick nicht bewegen konnten. Der Blick des Vaters war ein Gewicht, das sie auf dem Boden hielt. Fanny wusste, dass ihr Rücken und ihr Hinterkopf voller Erde waren. Der trockene Sand wurde unter dem Vaterblick zu Dreck. Der Dreck haftete an Fanny, und wenn sie davonging, würde der Vater ihre dreckige Rückseite sehen. Fanny und Toni standen auf, ohne dass ihre Körper sich berührten, und ohne einander anzusehen, entfernten sie sich in verschiedene Richtungen. Fanny suchte nach einem Eck, in das sie sich setzen und wo sie ihren Kopf gegen ein hartes Stück Holz pressen konnte.

Als sie älter wurde, hörte Fanny auf, unter die Eckbank oder in irgendwelche anderen Winkel zu kriechen, aber wenn sie im Bett lag, drückte sie ihren Kopf im Schlaf gegen das Holz am oberen Ende des Bettes. Oft schmerzten am Morgen der Nacken und die Schultern von der Anstrengung. Sie hörte auch auf, sich mit dem Bruder Zigeunergeschichten zu erzählen, und Toni kämmte nicht mehr mit den Fingern ihr Haar. Toni war beinahe so groß geworden wie der Vater. Er war auch kräftig, aber seine Kraft war gutmütig und seine Muskeln waren gerne bereit nachzugeben. Wenn sie beim Essen saßen, musterte der Vater seinen Sohn. Den gebeugten Nacken, die Schultern, die nach vorne gesunken waren, den Brustkorb, der sich nicht wölbte. Hätte der Vater in das Gesicht seines Sohnes geblickt, hätte er gesehen, dass es sich während dieser Musterung verhärtete, dass die Kiefermuskeln sich spannten und das Kinn spitz wurde. Aber der Vater sah nicht Tonis Gesicht. Der Vater nahm an einem Menschen dessen Haltung wahr, und Toni hielt sich nicht gerade. Das Schlimmste war für den Vater, dass Toni gern und viel redete. Auf dem Hof in der Senke war er schweigsam, aber sobald er ins Dorf ging, plauderte er mit den Leuten und lachte oft laut und herzlich. Der Vater tat, als bemerkte er es nicht, aber Fanny wusste, es war ihm beinahe unerträglich, das unbeherrschte Lachen seines Sohnes zu hören. Der Vater genoss im Dorf ein hohes Ansehen. Er war groß und stattlich und bewahrte immer Haltung. Er hätte seinem Sohn beibringen können, dass die Haltung im Brustkorb sitzt und dass der Brustkorb einen stattlichen Mann ausmacht. Sein Sohn aber begriff nicht, was es bedeutete, immer und unverändert den Nacken gerade und den Kopf erhoben zu halten. In seiner unerschütterlichen Haltung saß der Vater am Tisch und musterte seinen Sohn, während die anderen ihre Suppe löffelten. Toni saß gebeugt über seinem Teller. Er schlürfte, dass die Suppe ihm von den Lippen troff. Seine Augen schwammen in Tränen, weil er den Kopf so dicht über den Teller hielt, dass der heiße Dampf der Suppe ihm ins Gesicht stieg. Schau ihn dir an, wie er dasitzt, sagte der Vater zur Mutter und begann nun auch, seine Suppe zu essen. Fanny wünschte, der Bruder würde sich wenigstens gerade hinsetzen, aber es war, als beugte er sich absichtlich noch tiefer, um den Zorn des Vaters auf sich zu ziehen. Fanny blickte zur Mutter. Wenn der Vater zu ihr etwas über die Kinder sagte, hielt die Mutter inne. Sie sagte nichts und schaute den Vater auch nicht an, aber Fanny hatte beobachtet, dass die Mutter einen Moment später, wenn der Vater sich abgewandt hatte, aufstand, um irgendetwas zu tun. Auch jetzt stand sie auf. Fanny sah der Mutter zu, wie sie ein Geschirrtuch von der Halterung am Herd nahm, sich wieder setzte und das Geschirrtuch neben ihren Teller auf den Tisch legte. Die Mutter war nicht wie die anderen Frauen im Dorf. Die anderen Frauen wurden mit dem Alter und mit jeder Geburt dicker. Die Mutter hingegen wurde immer weniger und ihre Brust immer magerer. Sie hatte aber auch weniger Kinder zur Welt gebracht als die meisten anderen Frauen im Dorf. Fanny hatte jemanden sagen gehört, die Mutter sei früher sehr schön gewesen. Seither suchte Fanny manchmal im Gesicht der Mutter nach dieser Schönheit.

DIE SCHÖNHEIT HATTE ANGEFANGEN, Fanny zu beschäftigen. Hin und wieder bemerkte Fanny, dass der Vater sie beobachtet hatte, wenn sie aufblickte, ohne zu wissen, warum, und er schaute sie an und sagte, Eitelkeit sei eine Todsünde. Fanny fühlte sich ertappt, denn tatsächlich dachte sie manchmal darüber nach, dass die alten Frauen im Dorf gesagt hatten, sie sei hübsch geworden. Für Fanny war das, als sei sie in eine andere Welt hinübergegangen. Hier auf dem Hof hätte sie nicht einmal eine vage Beschreibung ihres Aussehens abgeben können, hätte jemand sie danach gefragt. Sie hatte keine Vorstellung von ihrem Äußeren. Sie war immer damit beschäftigt gewesen, sich unter Kontrolle zu haben und sich nichts anmerken zu lassen, und nun erfuhr sie, dass nicht jeder in sie hineinblicken konnte wie der Vater. Es gab eine Oberfläche, die zwischen ihr und den anderen war und Gefallen fand. Fanny war, als habe sie eine kostbare Entdeckung gemacht, und zugleich schien ihr das ungehörig zu sein. Sie hätte gern Toni gefragt, ob er fand, dass sie hübsch sei, aber sie traute sich nicht. Zuhause auf dem Hof war der Bruder nicht so herzlich wie unter fremden Leuten. Es war, als könne er erst laut lachen, wenn er ein Stück vom Hof in der Senke weggegangen war. Wenn sie beim Essen saßen, beobachtete Fanny ihren Bruder. Auf seinen Wangen waren Barthaare. Die Augenbrauen wuchsen bis über die Nasenwurzel. Sie sah seine Zähne, wenn er den Mund öffnete. Toni hob den Kopf und begegnete Fannys Blick. Ohne eine Miene zu verziehen, fuhr er fort zu essen. Fanny bewegte ihren Fuß unter dem Tisch. Sie wollte Toni treten, mit der Fußspitze in die Mitte des Schienbeins. Er hatte einmal zu Fanny gesagt: Du bist wie der Vater, und war weggegangen.

In Fannys Kopf gab es einen kleinen Schwindel, als drehte sich einmal etwas herum. Dann kam die Kraftlosigkeit. Als seien mit einem Schlag alle Lebensgeister aus Fanny verschwunden. Ihr schien, sie könne nicht aufrecht sitzen bleiben. Sie wollte laut zu weinen anfangen und um Hilfe schreien. Sie musste eine Hand ausstrecken, blind, um irgendeine Berührung zu finden, die Tischkante an den Fingern zu spüren. Ihr war so schlecht, dass sie glaubte, sich übergeben zu müssen. Aber jedesmal geschah nichts. Nie weinte sie. Sie schrie auch nicht und hatte noch nie auf den Tisch erbrochen. Niemand bemerkte etwas. In Wirklichkeit war Fannys Körper eine unbewegliche Masse. Jeder Muskel erkaltet. Die Unterarme in die Tischplatte gesunken, die Füße in den Boden. Die Augen brannten. Von ihren Mundwinkeln wusste sie nicht, wo sie waren. Der Kopf so schwer. Der Kopf war ein Zentnergewicht. Fanny wollte ihren Kopf auf die Tischplatte fallen lassen, auf die Stirn. Der Kopf würde dann weiter umfallen, auf eine Seite, auf eine Wange. Fanny würde mit dem Kopf auf der Tischplatte liegen und sich nicht mehr rühren. Unter dem Tisch würden die Arme hängen. Der Vater und Toni müssten Fanny aufheben und sie in ihr Bett tragen. Dort würden alle um sie herumstehen, sie zudecken und ihre Hand halten. Abends müsste sich einer zu ihr ins Bett legen, dicht an ihrem Körper ausgestreckt, um zu schlafen. Jedesmal, wenn sie einen dieser Momente erlebte, glaubte Fanny, jetzt würde sie wirklich den Kopf und den Oberkörper auf den Tisch fallen lassen. Diesmal würde sie nicht sitzen bleiben können. Sie glaubte nachzugeben, aber sie fiel nicht. Jedesmal wieder fiel sie nicht. Weil sie nicht fiel, musste sie sich zurück in den Griff bekommen. Bis das Essen vorbei war und sie das Geschirr einsammeln würde, musste Fanny sich zurück in den Griff bekommen. Sie musste versuchen, etwas zu essen. Der Vater mochte es nicht, wenn nicht gegessen wurde. Sie und die Mutter waren es, die manchmal nicht essen konnten. Möglicherweise kannte die Mutter dieselbe Übelkeit, wie sie Fanny während dieser Momente überfiel. Während dieser Momente war Fanny in der Position gefangen, in der die Kraft sie verlassen hatte. Wenn sie den Kopf bewegen und zur Mutter hinüberschauen konnte, um zu sehen, wie viel diese gegessen hatte, wusste Fanny, es wurde schon besser. Fanny hörte die Stimme des Vaters. Der Moment ging immer vorüber. Zuerst spürte Fanny ihre Schultern und den Nacken wieder. Den Hinterkopf, die Wirbelsäule und das Gesicht. Sie fuhr sich mit der Zunge über die Lippen. Sie schloss die Augen und öffnete sie wieder, als sei sie neu auf der Welt.

DER VATER SPRACH DAVON, wann das Schwein geschlachtet werden sollte. Er richtete eine Frage an Toni, der nicht antwortete. Der Vater fragte, ob es Toni egal sei, wann geschlachtet würde. Er fragte, was Toni einmal für ein Bauer sein solle, wenn ihn das nicht kümmere. Fanny wusste, dass Toni seit einiger Zeit regelmäßig zu einer gewissen Maria in einem Nachbarort ging. Sie suchte in Tonis Gesicht nach etwas, von dem sie nicht wusste, was es war. Sie suchte nach dieser Maria, die sie sich als ein blondes, lachendes Mädchen vorstellte. Fanny stellte sich vor, wie der Bruder und das Mädchen sich umarmten und das Mädchen dem Bruder über den Rücken strich. Es war ein Bild, das Fanny immer wieder in den Sinn kam. Sie sagte zum Bruder: Ist deine Maria denn keine Bäuerin? Der Vater schob seinen leeren Teller von sich weg. Toni hob den Kopf, nur so viel, wie notwendig war, um Fanny anzuschauen. Fanny hatte einen kurzen Moment lang einen Triumph verspürt, nun begriff sie, dass sie dem Bruder mit dieser Frage etwas genommen hatte. Der Vater sagte nichts. Sie wussten, er würde herausfinden, was es mit dieser Maria auf sich hatte. Sie wussten nicht, wie er es herausfinden würde, weil er doch nicht plauderte und so gut wie nie ins Wirtshaus ging, aber es würde ihm gelingen. Fanny stellte sich vor, dass der Vater genau wusste, wen er zu fragen hatte. Sie stellte sich vor, er würde ins Dorf hinaufgehen. Bei dem Wäldchen vor dem Feuerwehrhaus würde die Bäuerin vom Mühlenhof stehen, die immer über alles Bescheid wusste, und Holz schlichten. Der Vater würde sie grüßen und sich nach ihrem Befinden erkundigen. Dann würde er seine Fragen stellen. Die Bäuerin vom Mühlenhof würde alles, was sie wusste, erzählen, als stünde sie vor einem Polizeiinspektor und sei verpflichtet, die Wahrheit zu sagen. Der Vater würde noch etwas über das Wetter und die Ernte sagen, und dann würden sie sich verabschieden und der Vater würde zurück zu dem Hof in der Senke gehen. Toni würde gar nicht mehr mit Fanny reden.

FANNY VERSTAND NICHT, warum der Bruder nicht stolz war auf den Vater, der im Dorf so sehr geachtet wurde. Fanny liebte es, mit dem Vater unter die Leute zu gehen. Neben ihm war es so einfach, sich aufrecht zu halten. Wenn der Bruder einmal neben dem Vater unter die Leute gegangen wäre, hätte sein Rücken sich wie von selbst aufgerichtet und er hätte eine Haltung bekommen. Wenn Fanny neben dem Vater unter die Leute ging, zogen seine Schultern auf der Höhe ihres Kopfes sie nach oben und streckten ihr den Rücken. Als sei sie über unsichtbare Fäden mit dem Vaterkörper verbunden, ging Fanny neben ihm her und war belebt durch seine Nähe. Sie lächelte die Leute an, die der Vater mit einem Kopfnicken grüßte, und nahm ihren Respekt entgegen wie eine Königin die Huldigungen ihres Volkes. Es war eine gewisse Scheu im Verhalten der anderen gegenüber dem Vater, vor allem bei den Männern, die diese Scheu in Gewichtigkeit verwandelten und zum Vater sprachen, als hätten sie eine große Verantwortung mit ihm gemein. Fanny kannte diese Scheu gut, sie fühlte sich oft sehr schwach vor dem Vater, aber wenn sie als seine Tochter an seiner Seite ging, dann ging sein Stolz auf sie über.

Als Fanny der Enkeltochter die Geschichte von der Kirchenstörung erzählte, hörte das Kind aufmerksam zu, ohne Fanny anzusehen, in seine Vorstellung versunken, so wie man einem unheimlichen Märchen lauscht. Ein einziges Mal hatte Fanny bei den Mädchen vom BDM mitgemacht. Es war an einem Sonntag während der Messe gewesen. Fanny war es gelungen, unbemerkt vor der Kirche stehen zu bleiben, während die anderen hineingingen. Wie vereinbart, waren die Mädchen draußen geblieben. Auch ein paar alte Männer, die gewusst hatten, dass der BDM etwas vorhatte, waren nicht in die Kirche gegangen. Als die Messe angefangen hatte, waren die Mädchen im Kreis marschiert und hatten ein Lied gesungen, das Fanny nicht kannte, weil sie zum ersten Mal dabei war. Aus den Augenwinkeln sah Fanny, dass vereinzelte Leute wieder aus der Kirche herauskamen, sie hörte die alten Männer schimpfen. Fanny spürte die Aufmerksamkeit rundherum, die immer mehr wurde, und die Unruhe, die sich verdichtete. Sie schaute geradeaus, auf das Mädchen vor ihr, und sang nicht mit, weil sie den Text nicht kannte und weil ihre Stimme wohl auch nicht gehorcht hätte. Etwas schien sich zu dehnen zwischen Fannys Kopf und ihrem Körper. In Fannys Ohren sang ein hoher Ton über den dunklen Mädchenstimmen. Sie spürte, bevor sie den Kopf drehte, dass der Vater aus der Kirche gestürmt war. Er hatte Fanny sofort unter den anderen Mädchen erkannt und kam auf sie zu. Fanny widerstand dem Impuls, wegzulaufen. Die Mädchen marschierten nicht mehr und hatten zu singen aufgehört. Sie wichen vor dem Vater zurück, nur Fanny blieb stehen. Die meisten Leute waren inzwischen wieder aus der Kirche herausgekommen. Fanny wusste, dass sie rundherum beobachtet wurden, aber sie hatte nur Augen für den Vater. Der Vater sah aus, als wollte er Fanny totschlagen und als könnte er sich nicht beherrschen. Fannys Körper war zitternd gespannt, aber sie lief nicht davon. Sie schaute unverwandt in das Vatergesicht, das aus den Fugen geraten war. Es war nicht mehr zu erkennen, wo Mund und Nase und Augen waren. Das Gesicht des Vaters war ein einziges schreiendes Gesichtsdurcheinander, und Fanny sah es auf sich zukommen. Dann war der Vater bei ihr. Die Nase und der Mund und die Wangen des Vaters rückten an ihren Platz. Fanny hob ihr Kinn, legte die Stirn flacher unter den Himmel und spürte ihre Lider feucht, als sie einen Moment lang die Augen schloss. Der Vater hob einen Arm und schlug Fanny auf die Wange. Dann drehte er sich um und ging voraus, zurück zu dem Hof in der Senke. Unter den Blicken der anderen Kirchenbesucher und ihrem Gemurmel, das nun anhob, ging Fanny hinter dem Vater her. Irgendwo dahinter kamen die Mutter und der Bruder. Fanny sah sich nicht um. Sie ging, als sei dies ein Triumphzug. Den gesamten langen Weg durch den Wald zurück zu dem Hof in der Senke ging Fanny hinter dem Vater her und sah sich nicht um. Sie war von einer wilden Freude erfüllt, die den ganzen Tag anhielt und noch durch ihren Körper wogte, als sie abends im Bett lag und nicht einschlafen konnte.

NOCH SECHZIG JAHRE SPÄTER ging ein sanftes Echo dieser wilden Freude durch Fannys Körper. Sie freute sich, dass zufällig diese Erinnerung heraufgespült worden war. Seit sie die Zeiten nicht mehr im Griff hatte, war sie ihrem Körper auch in dieser Hinsicht ausgeliefert. Heimlich, ohne Fannys Zutun, hatte der Körper über die Jahre alles bewahrt. Und jetzt, da er so schwach war, da Fanny nur noch wenig Nahrung zu sich nahm und der Körper nichts mehr zu tun hatte, waren die Erinnerungen wie organische Prozesse, die eigenständig und ohne willentliche Steuerung vor sich gingen. Früher hatte sie geglaubt, die Kontrolle über den Körper und das Gedächtnis zu haben. Nun lag sie hilflos in ihrem Ehebett und lachte in die Stille, weil sie so dumm gewesen war. Regelmäßig hatte sie einen Traum zu durchleben. Obwohl Fanny keinen Schlaf mehr fand, sondern Dösen und Wachen und längst vergangene, erinnerte Zustände ineinander übergingen, gelang es ihr kein einziges Mal, aus diesem Traum herauszukommen. Wenn sie sich plötzlich neben dem Bruder fand und der einen schwarzen Anzug trug, wusste Fanny, es war wieder so weit, und alles Wehren war vergeblich. Sie drehte den Kopf zur Seite und bewegte die Arme auf dem Leintuch, um zu protestieren. Manchmal richtete sie sich auf und sank wieder zurück, aber sie konnte gegen den Traum nichts ausrichten.

Es WAR DER TAG, an dem die Schwester des Vaters begraben wurde. Sie waren unter die Eckbank gekrochen, und die Mutter hatte nachher den Staub von Tonis schwarzem Anzug geklopft. Toni passte eigentlich nicht mehr unter die Bank. Er saß vor Fannys Versteck auf dem Boden, und nur seine Beine waren bei Fanny unter der Eckbank. Fanny und der Bruder hatten die Schwester des Vaters nicht gekannt, und sie wurde in einer Ortschaft begraben, in der Fanny und Toni noch nie gewesen waren. Sie gingen zu Fuß, nicht in Richtung der Kleinstadt, sondern noch näher zur Grenze hin. Der Vater und die Mutter gingen voraus, Fanny und Toni in einem gewissen Abstand hinterher. Toni war stolz auf seinen schwarzen Anzug, der genau wie der des Vaters aussah, nur kleiner. Fanny hätte auch gern einen solchen Anzug gehabt statt des steifen Kleides, das sie tragen musste. Den ganzen Tag lang war Toni an der Seite des Vaters, während Fanny von der Mutter an der Hand gehalten wurde. Fanny beobachtete Toni, wie er dem Vater alles gleichtat. Auf dem Friedhof stand er neben dem Vater und imitierte dessen ernsten Gesichtsausdruck. Viele Leute gaben nicht nur dem Vater, sondern auch Toni die Hand, der mit demselben knappen Nicken dankte, wie er es am Vater gesehen hatte. Fannys Hand wurde von der Mutter gehalten. Manche Frauen strichen Fanny über den Kopf. Auch danach im Gasthaus saß Toni neben dem Vater. Er tat so, als hörte er den Erwachsenen beim Reden zu, und wollte nicht mit Fanny nach draußen gehen. Als sie spät am Abend zurück auf dem Hof in der Senke waren, streiften Fanny und Toni durch das Haus. Niemand hatte ihnen befohlen, schlafen zu gehen. Toni trug noch immer seinen schwarzen Anzug. Sie gerieten vor die Schlafzimmertür der Eltern, die einen Spalt breit geöffnet war. Ohne zu sprechen, schlichen sie näher an den Spalt und schauten hinein.

Fanny begriff zuerst nicht, was sie sah. Dann erkannte sie, dass der Vater im Hemd auf dem Bettrand saß und vor ihm auf dem Boden die Mutter kniete. Über den Rücken der Mutter lagen die Haare gebreitet, die sie erst kurz vor dem Zubettgehen aus ihrem

Knoten löste. Fanny begriff, dass die Mutter dem Vater die Schuhe auszog. Die Hände des Vaters lagen auf der Bettdecke wie kleine Tiere, Maulwürfe, die von den Katzen totgebissen worden waren. Die Schultern des Vaters waren nach vorne gesunken. Sein Brustkorb eingefallen. Das Gesicht wagte Fanny nicht noch einmal anzusehen. Das Gesicht des Vaters sah aus, als sei er erblindet. Die Augen des Vaters waren so schwarz wie Tonis Anzug. Die Mutter stützte sich auf das Bett und richtete sich mit einem Seufzen auf. Als sie vor dem Vater stand, schlang er beide Arme um ihre Mitte und presste seinen Kopf an ihren Bauch. Vor der Schlafzimmertür spürte Fanny neben sich dasselbe Erschrecken wie in ihrem eigenen Körper. Sie wollte davonlaufen und konnte sich doch nicht von der Szene lösen. Die Mutter strich über den Vaterkopf. Fanny hörte erstickte Geräusche. Die Mutter nahm die Arme des Vaters von ihren Hüften und trat einen Schritt zurück. Fanny erblickte das Gesicht des Vaters. Es war nass. Der Vater hatte den Mund weit geöffnet, daraus kam ein Gurgeln. Dann ein Wimmern. Der Vater weinte. Die Mutter hatte begonnen, sich auszuziehen. Sie legte das Kleid ab und den Unterrock. Die Kinder vor der Schlafzimmertür sahen ihre nackten Beine. Die Mutter zog das Leibchen über den Kopf. Die Kinder sahen ihre weißen Brüste von der Seite. Die Mutter zog dem Vater das Hemd und die Hose aus und legte sich schließlich zu ihm ins Bett. Sie zog seinen Kopf an ihre Brust und sprach leise zu dem gurgelnden und wimmernden Vaterkopf. Die beiden Kinder schlichen davon. Sie gingen jedes für sich, als ob das andere nicht da wäre.

FANNY LEGTE SICH IN IHR BETT und fiel in einen schweren Schlaf. Als sie erwachte, war es hell. Sie stand auf und trug ihre Kleider vom Vortag. Sie ging vom Zimmer in den Gang hinaus. Kein Geräusch war zu hören, auch nicht ihre eigenen Schritte, obwohl der Holzboden sonst immer knarrte. Fanny ging die Treppe hinunter in Richtung Küche. Sie bewegte sich, als könnte die Luft um sie herum durch eine unvorsichtige Bewegung reißen. In völliger Lautlosigkeit ging sie durch ihr Elternhaus. Vor der geschlossenen Küchentür blieb sie stehen. Von drinnen kam ein Poltern, als fielen Sessel und stürzten Dinge zu Boden. Es klang, als wütete in der Küche der Leibhaftige. Fanny wiederholte bei sich dieses Wort. Der Leibhaftige. Keine Stimme war zu hören, kein menschlicher Laut, nur Poltern und Fallen und dann ein Krach, der sie auffahren ließ. Vor Schreck hatte Fanny sich in ihrem Ehebett gerade hingesetzt. Das Herz klopfte ihr so heftig, dass die Schläge an den Rippen schmerzten. Es wird wohl dieser verhasste Traum sein, dachte Fanny, den ihr Herz einmal nicht mehr aushalten würde.

DIE STILLE WAR MIT DEM KRIEG GEKOMMEN. Auf dem Hof in der Senke war es nie besonders laut gewesen. Der Vater mochte keine lauten Menschen, er hielt sie für unberechenbar und unzuverlässig. Aber die Stille, die auf den Hof gekommen war, als Toni in den Krieg musste, war eine andere. Manchmal blickte Fanny an sich herunter. Sie betrachtete ihre ausgestreckten Arme und konnte sie trotzdem nicht spüren. Sie stand mitten im Hof und ließ die Arme wieder sinken. Angestrengt blickte sie über die Felder zu dem Hügel, auf dessen Grat sie die Gestalt eines Mannes ausgemacht hatte. Sie konnte nicht erkennen, ob er sich auf das Dorf zu oder davon weg bewegte. Die Mutter kam vom Stall, ging an Fanny vorbei und sagte, kommst du Erdäpfel schälen. Seit Fanny denken konnte, hatte sie mit der Mutter gemeinsam Kartoffeln geschält. Immer hatte es diese Momente gegeben, die sie beide miteinander am Küchentisch zubrachten. Sie saßen sich ums Eck gegenüber, jede ein kleines Messer in der Hand, vor ihnen ein Haufen Kartoffeln und ein großer Topf, in den sie die geschälten Erdäpfel warfen. Sie mussten zu jeder Jahres- und Tageszeit so gesessen sein. Es musste geregnet und geschneit haben, während sie Kartoffeln schälten, es musste heiß und kalt gewesen sein, oft musste die Sonne geschienen haben, während Fanny und die Mutter Kartoffeln schälten. In Fannys Erinnerung aber gab es nur einen immer gleichen Moment des Erdäpfelschälens. Vor dem Küchenfenster war der Himmel sehr hellblau, beinahe weiß, unmöglich einer Jahreszeit zuzuordnen. Es war windstill. Fanny konnte sich nicht erinnern, dass jemals jemand in die Küche gekommen war, während die Mutter und sie Kartoffeln geschält hatten. Als seien sie die einzigen Menschen auf der Welt. Sie sprachen über dieses und jenes, aber meistens schwiegen sie. Fanny hatte das Erdäpfelschälen schon als kleines Mädchen von der Mutter gelernt. Beide Unterarme waren auf die Tischplatte gestützt, die linke Hand hielt in ihrer Höhlung eine Kartoffel. Die rechte drückte mit dem Daumen gegen sie und drehte sie und schälte ihr mit dem Messer rundherum die Haut ab, von oben nach unten. Dann schob man mit dem Handrücken die Schalen zu einem Haufen zusammen, während man mit der anderen Hand bereits nach der nächsten Kartoffel griff. Im Krieg waren weniger Kartoffeln zu schälen, und Fanny und die Mutter redeten noch weniger als sonst und dachten an Toni, von dem lange keine Nachricht mehr gekommen war. Als der Krieg weiter fortgeschritten war, machten Fanny und die Mutter keinen Kartoffelteig und keine Reibknödel mehr. Sie kochten die Kartoffeln und aßen sie mit der Schale.

Es war im Krieg, da ließ Fanny sich einmal, als sie allein in der Küche war, von der Bank gleiten. Sie rührte sich nicht, ließ bloß den Körper rutschen, wohin es ihn zog, als gehorchte er einem Naturgesetz. Wie ohne ihr Zutun saß Fanny unter dem Tisch auf dem Boden. Sie legte sich flach hin, immer noch, als probiere sie, was geschah, wenn sie ihren Körper nur ließ. Sie streckte sich der Länge nach unter der Bank aus. Ihr Kopf lag in dem Eck, in dem sie früher als Ganzes gehockt war. Fanny drückte den Kopf, so fest sie konnte, gegen die Wand und rückte mit dem Körper noch ein Stück nach. Sie atmete den Geruch, der sich nicht verändert hatte, obwohl der Bruder nicht mehr da und in Wirklichkeit alles anders war. Immer noch war hier unten dieses Gemisch aus Essen und Mündern, aus Hemden, Kitteln und Schuhen, Suppe, nassen Kleidern und Rindfleisch, Heu, Heidelbeerröster und nackten Füßen an heißen Tagen. Als sie jemanden kommen hörte, kroch Fanny wieder unter dem Tisch hervor, mühsam, als sei ihr Körper plötzlich zu groß, als habe sich ein kleines Mädchen unter der Eckbank versteckt und sei unversehens zu monströser Größe angewachsen. Es waren die Schritte der Mutter, die in die Küche kam und gar nicht bemerkte, dass Fanny sich den Dreck von der Schürze klopfte. Die Mutter sagte, eben habe sie schon wieder geglaubt, die Hagerin auf der Bank zu sehen. Sie lachte leise und ging wieder hinaus. Schon einige Zeit, bevor Toni in den Krieg musste, war die alte Hagerin gestorben, auf der Hausbank sitzend. Bis zum Abend hatte es niemand bemerkt.

Fanny blickte durch das Küchenfenster in den Hof hinaus und sah dort den Vater gehen. Er hielt sich unverändert, aber Fanny schien es, als steckte der Vater in seiner Haltung wie in einem Korsett. Fanny dachte, er würde wohl in sich zusammenfallen, wenn man es löste. Hinter der unveränderlichen Haltung war der Vater müde. Fanny litt mit ihm. Sie spürte, dass der ganze Vaterkörper schmerzte. Einmal hatte er sich in der Küche an den Tisch gesetzt, an dem Fanny saß und ein Hemd stopfte. Er hatte seine Hände auf die Tischplatte gehievt, und dann hatte er, bei geradem Rücken und breiten Schultern, den Nacken ein wenig gebeugt, den Blick auf seine Hände auf der Tischplatte gerichtet. Fanny spürte, dass der Körper des Vaters ein Schmerzkörper geworden war. So schwer und stark wie sein Körper war auch der Schmerz. Es wäre nun besser gewesen, der Vater wäre klein und dünn gewesen, dann hätte der Schmerz weniger Platz gehabt. So dass man es überhören konnte, wenn man wollte, hatte Fanny gefragt, tut dir etwas weh? Der Vater hatte gesagt: Alles, Fannerl. Seither stellte sich Fanny manchmal hinter ihn, wenn er am Tisch saß. Als ginge sie zufällig vorbei und bliebe zufällig an dieser Stelle stehen, wo ihre Hände wie zwei Vögel aus der Luft kamen und sich auf den Rücken des Vaters legten. Die Hände strichen den Rücken hinauf und hinunter. Der Rücken bestand aus zwei senkrechten Strängen in der Mitte und zwei großen, harten Platten unter den Schultern, die bei starkem Druck den Fingern ein wenig nachgaben. Irgendwann hob der Vater den Kopf. Im selben Moment hatten die Hände sich schon in die Luft erhoben. Fanny war eben hinter dem Vater vorbeigegangen und setzte sich wieder an ihren Platz. Der Vater stand auf und ging nach draußen. Seit der Bruder im Krieg war, hatte Fanny Angst, der Vater würde irgendwann erstarren. Jedesmal, wenn sie ihm über den Rücken gestrichen hatte, war Fanny erleichtert, die endgültige Erstarrung wieder ein wenig hinausgeschoben zu haben. Während die Statur des Vaters verhärtete wie Harz, von außen nach innen, wurde die Mutter immer durchscheinender. Fanny dachte manchmal an einen Hausgeist, wenn die Mutter durch die Zimmer und über den Hof huschte oder im Stalldunkel verschwand. Fanny stand am Küchenfenster und blickte hinaus. Ein erstarrender Koloss schob sich durch das Bild. Da, wo die Luft zu flimmern schien, bewegte sich ein helles Wesen vorbei. Fanny wünschte sich, der Bruder möge im Tor erscheinen, wie aus dem Nichts, einen Moment lang stehen bleiben und zu ihr herüberschauen, die sie hinter dem Fenster stand. Dann würde er in den Hof treten, und mit jedem Schritt, den er machte, würden die Konturen des Kolosses weicher, und je näher er käme, umso mehr gewönne der Hausgeist an Farbe. Fanny lehnte sich mit dem Kopf gegen die Wand. Unter sich auf den Bodenbrettern sah sie das Sonnenlicht. Oben an ihrem Scheitel spürte sie die Mauer. Mit ihrem ganzen Gewicht lehnte sie sich dagegen.

AUCH IM KRIEG ging Fanny zweimal in der Woche in die Hauswirtschaftsschule in der Kleinstadt. Obwohl niemand wusste, was kommen würde, hielten sie daran fest, dass der Bruder den Hof in der Senke übernehmen würde und Fanny nicht irgendeinen Hoferben aus dem Dorf oder aus einem der Nachbarorte heiraten müsste. Die meisten Mädchen in Fannys Alter waren schon verheiratet oder wussten, wen sie bald heiraten würden. Als Fanny verstanden hatte, was es mit dem Heiraten auf sich hatte, hatte sie die jungen Männer aufmerksam beobachtet. Sie hatte beobachtet, wie sie sich bei den Festen betranken und dass es immer welche gab, die dann, mit roten Schädeln und brüllend, aufeinander einschlugen. Sie hatte verstanden, was der Vater meinte, wenn er sagte, dass ein Mann eine Haltung haben müsse. Sie erzählte dem Vater, wie die Burschen sich bei einer Sonnwendfeier geschlagen hatten, und der Vater sagte, der Alkohol sei ein Teufelszeug. Der Vater sagte, sie solle keinen heiraten, der ins Wirtshaus gehe. Fanny stellte fest, dass der Vater der einzige Mann im Dorf war, der nicht regelmäßig im Wirtshaus saß. Sie bemerkte, dass die jungen Männer ihr nicht ins Gesicht zu sehen wagten. Wenn Fanny einem jungen Mann allein begegnete, schaute der herum, als werde er verfolgt. Fanny stellte fest, dass es den Burschen an Stolz mangelte, und als sie erwähnte, dass sie gerne die Hauswirtschaftsschule besuchen würde, stimmte der Vater zu. Du sollst einmal nicht angewiesen sein, sagte er.

MANCHMAL STELLTE DER VATER Fragen nach dem Unterricht in der Hauswirtschaftsschule, die er Wirtschaftsschule nannte. Fanny erzählte vom Nähen und Kochen, von den Lehrerinnen. Von ihren Noten. Sie erwähnte nicht, dass sie in ihrer Klasse die Einzige war, die von einem Bauernhof kam. Sie erzählte nicht von den Dingen, die sehr anders waren, als der Vater es kannte und Fanny es gekannt hatte. Von vielen Gerichten, die sie zuzubereiten lernten, erzählte Fanny nicht. Nicht von dem Buch, das sie bekommen hatten und in dem die Hausfrau über verschiedene Services und eine Unmenge an Besteck und bestimmte Gläser für jedes Getränk verfügte, in dem es ein Speisezimmer und einen Rauchsalon für die Herren gab. Eine Wirtschaft war für Fanny bislang eine Landwirtschaft gewesen, nun wusste sie, es konnte sich auch um einen Haushalt handeln, ohne Grund und ohne Vieh. Die meisten Mädchen an der Hauswirtschaftsschule waren die Töchter von Beamten, von Lehrern, eine hatte den Richter der Kleinstadt zum Vater. Fanny erzählte ihrem Vater, dass die Lehrerin fand, sie sei im Nähen sehr begabt. Sie erzählte nicht von den Heften mit Bildern und Zeichnungen von Blusen und Hosen aus dünnen, fließenden Stoffen und von unsinnig raffinierten Kleidern. Fanny erzählte auch nicht von dem Tanzunterricht, den die Tochter des Richters einigen Mädchen in den Pausen erteilte. Manchmal blieben sie auch nach dem Ende des Unterrichts noch in der Schule, um zu üben. Die Richterstochter besuchte die einzige Tanzschule der Kleinstadt. Fanny mochte nicht, wie sie sich in ihrer Rolle als Tanzmeisterin wichtigmachte, das Tanzen aber gefiel ihr, auch wenn es ohne Musik war. Das Zählen der Richterstochter zu den Schrittfolgen blieb für Fanny immer ein wenig rätselhaft, weil sie nie die Melodien dazu hörte. Entweder zählte die Richterstocher, meistens nur bis vier, oder sie summte, aber nie erklärte sie ihren Schülerinnen den Zusammenhang zwischen Zählen und Summen. Kein Lehrer wusste von diesen Unterrichtseinheiten, die trotz der zählenden Stimme und der Schritte von vier oder fünf Mädchen eigentümlich still waren.

Am Ende sagte die Tochter des Richters laut, es sei aber doch unvergleichlich, mit Herren zu tanzen.

AUCH ALS SCHON KRIEG WAR, brach Fanny zweimal in der Woche frühmorgens zu dem mehrstündigen Fußmarsch in die Kleinstadt auf. Der Weg war ein vielfaches Auf und Ab, und nach dem ersten längeren Anstieg war Fanny warm geworden. Sie atmete schneller von der Anstrengung. Jeden ihrer Atemzüge spürte sie im Brustkorb und im gesamten Oberkörper. Mehr als die Hälfte des Weges legte sie zurück, weg von der lautlosen Erstarrung auf dem Hof in der Senke, ehe sie auf einer Erhöhung kurz ausruhte. Sie schaute über die Hügel, die sich vor ihr ausbreiteten und ihre Rücken hoben und wieder sinken ließen. Zwischen den dunklen Waldstücken lagen Felder und Wiesen, die durch Wälle unterteilt waren. Die Wälle waren aus Steinen geschlichtet und bewachsen von Birken, Hagebuttensträuchern und hartem Gras. Diese grauen Steine brachten die ganze Gegend hervor. Aus ihnen baute man die Höfe, die Ställe, die Grenzen und die Grabmale. Auf ihnen ruhten die Felder mit ihren Buckeln und Senken. Mittendrin lag manchmal ein Findling, ein riesiger Felsblock, den niemand jemals wegbewegen würde. Den größten Teil der Strecke legte Fanny im Wald zurück. Sie merkte sich die Stellen, an denen das Heidelbeerkraut wuchs, um zurückzukommen, wenn die Beeren reif waren. Im Wald hatte der Krieg nichts verändert, auch die Geräusche waren dieselben. Es gab auf Fannys Weg in die Kleinstadt nur einen Abschnitt, wo sie an der Straße entlangging. Hier wurde sie einmal von einem Wagen mit Soldaten überholt. Sie sah, dass auf der Ladefläche jemand lag und sich nicht rührte. Ein Bein ragte über den Rand der Ladefläche hinaus und hüpfte mit den Unebenheiten der Straße. Von da an wechselte Fanny an keiner Stelle ihres Weges mehr auf die Straße, auch dort nicht, wo sich ein breiter Graben durch den Wald zog. Bislang hatte sie auf ihren Wanderungen immer leichter und tiefer geatmet. Nun beschleunigte sich ihr Atem oft unversehens, und ein scharfer Geschmack drang von der Brust in den Hals und manchmal bis in den Mund und trieb sie an, schneller zu gehen, zu laufen, bis sie den Kirchturm der Kleinstadt sah. Bald darauf bekamen sie ein Abschlusszeugnis, und die Schule war vorbei. Der Krieg dauerte an, und vom Bruder kamen keine Nachrichten.

ALS DIE ENKELTOCHTER KLEIN WAR, merkte sie sich einzelne Wörter, mit denen sie nach einer der Geschichten verlangen konnte, die Fanny ihr wie Märchen erzählte. Einmal wollte sie die Königingeschichte hören. Fanny dachte nach, ob sie ihr doch einmal ein Grimmsches Märchen erzählt hatte, in dem eine Königin vorgekommen war, aber schließlich, nachdem sie mehrere Geschichten angefangen hatte und von dem Kind jedesmal unterbrochen worden war, verstand Fanny, worum es sich handelte. Sie erkannte, dass das Kind recht hatte. Es war das Märchen davon, wie Fanny Königin geworden war. Und deshalb begann es mit der Ankunft des Prinzen. Fanny lachte, aber das Kind sagte bestimmt: Nicht der Prinz, der Schulmeister. Fanny musste noch einmal ansetzen. Die Geschichte hatte jedesmal mit demselben Satz zu beginnen. Nach dem Krieg kam ein neuer Lehrer ins Dorf. Und der neue Lehrer, sagte Fanny, war ein großer, breitschultriger Mann mit dunklem Haar, der schon in jungen Jahren Geheimratsecken hatte. Er war eben kein Bauer, erzählte Fanny, er war klüger als alle anderen im Dorf. Er wurde von Anfang an respektiert, und es war, als sei er schon immer im Dorf gewesen. Und, sagte Fanny, und ihre eigene Stimme klang ihr heller im Ohr, er konnte sehr schön lächeln. Er nahm sie in seinem Wagen mit zum Tanzen in eine der Nachbargemeinden. Der neue Lehrer war neben dem Pfarrer der einzige im Ort, der ein Auto besaß. In der Nachbargemeinde waren auf der Hauptstraße Tische und Bänke aufgestellt, und man konnte auf eine Zielscheibe schießen. Auf einer Wiese abseits der Straße wurde getanzt. Zum ersten Mal tanzte Fanny mit einem Mann. Sie hatte sich die Herren in der Tanzschule der Richterstochter anders vorgestellt, irgendwie glatter, aber der neue Lehrer konnte tanzen. Er habe schließlich eine Erziehung genossen, sagte der Lehrer und lächelte, als habe er einen Scherz gemacht. Fanny war froh, sagen zu können, dass sie die Wirtschaftsschule besucht habe. Anfangs konzentrierte sie sich sehr auf ihre Füße. Der Lehrer forderte sie einige Male auf, ihn beim Tanzen anzusehen, und Fanny zwang sich, den Kopf erhoben zu halten, obwohl sie das Gefühl hatte, ihre Füße nicht unter Kontrolle zu haben, wenn sie sie nicht sehen konnte. Das hatte nichts mit dem Hin und Zurück und Seitwärts aus den Tanzstunden zu tun, sie stolperte ungeschickt wie ein Bauerntrampel am Arm des neuen Lehrers. Wenn er sie plötzlich losließe, würde sie auf die Wiese stürzen, sie war hilflos. Fanny spürte die Tränen sich sammeln. Sie hatte sich eingebildet, tanzen zu können, und lächerlich hatte sie sich gemacht. Fanny achtete nicht mehr auf ihre Füße, sondern auf die Menge der Tränen. Es durften nicht so viele werden, dass die Augen sie nicht mehr behalten konnten. Sie sah die Schulter des Lehrers und seinen Hals. Die Haut über dem Hemdkragen, sehr nahe. Sie spürte seine Hand auf ihrem Rücken. Der Lehrer lächelte. Endlich begriff Fanny, was die Tochter des Richters ihnen beigebracht hatte. Das trockene Zählen und die geheimnisvollen Schrittfolgen fügten sich, mit der Musik und der Führung des Lehrers, zu einer Bewegung. Sie tanzten am Rand. Die Wiese war nicht umzäunt, aber es gab eine Grenze, dort, wo die Beleuchtung der Hauptstraße gerade noch hinreichte. Auch das Schreien und Rufen und das Gelächter drangen schwach bis hierher. Hätten Fanny und der Lehrer noch ein paar Schritte in das dunkle Feld hinaus gemacht, wäre der Lärm mit einem Mal verstummt.

Als der Lehrer Fanny gebeten hatte, seine Frau zu werden, hatten alle im Dorf gefunden, dass sie gut zusammenpassten. Ihre Hochzeit war die erste, die in der neugebauten Steinkirche im Dorf stattfand. Sie habe sich gefühlt, erzählte Fanny, als würde sie an diesem Tag zur Königin gekrönt. Das Dach der kleinen Kapelle war eine weite Kuppel, und man hörte die Orgel über die Felder hinweg, auf denen niemand arbeitete, weil alle gekommen waren, um zu sehen, wie der Lehrer und Fanny heirateten. Man war sich einig, dass es noch nie ein so schönes Brautpaar gegeben hatte. Dein Großvater war ein fescher Mann, sagte Fanny zu ihrer Enkeltochter. Wo ist der Großvater, fragte das Kind, als es das zum ersten Mal hörte. Der ist schon lange tot, sagte Fanny, als sei ihr das im selben Moment eingefallen. Sie bemerkte erst, dass sie geschwiegen hatte, als sie aus ihren Gedanken wieder auftauchte. Vor ihr saß das Kind und betrachtete sie. Oft hatte Fanny das eigenartige Gefühl, das Kind kenne die Vergangenheit in dem Dorf, in dem es nie gewesen war. Als könne es die Bilder sehen, auch ohne dass Fanny sie erzählte. Es war ein Königskind. Dein Großvater war der Schulmeister, sagte Fanny zu ihrer Enkeltochter, der dieses Wort sehr gefiel. Mit dem Tag ihrer Hochzeit zog Fanny von dem Hof in der Senke in das Schulhaus, das oben auf dem Hügel stand. Von nun an wurde sie die Schulmeisterin genannt. Fanny richtete die Lehrerwohnung im ersten Stock ein und begann, den Gemüsegarten hinter dem Schulhaus zu bewirtschaften. Von dem Garten aus hätte sie über die Senke schauen können, wenn nicht die alte Meierei die Sicht verstellt hätte. Früher hatte in der Meierei der Verwalter der Herrschaft gelebt, jetzt wohnten darin die Wald- und Sägewerksarbeiter. Fanny war zumute, als habe sie sich unter einer schweren Wolke hervorbewegt, indem sie auf den Hügel gezogen war. Immer, wenn sie im Gemüsegarten stand und über die Ebene blickte und auf die Meierei, die vor der Senke stand, atmete Fanny unversehens tief ein und bemerkte, dass sie zuvor die Luft angehalten hatte. Der Pfarrer, der ebenfalls neu eingesetzt worden war, besuchte Fanny gern im Schulhaus. Sie sprachen über die Schulkinder, die zu wenig zu essen bekamen, und Fanny sagte, sie könnte eine Schulspeisung machen. Wozu hatte sie schließlich die Hauswirtschaftsschule besucht. Der Pfarrer sagte, Fanny sei die gebildetste Frau im Dorf. Sie wusste nicht, ob er sich über sie lustig machte, aber als er das nächste Mal kam, hatte er sich umgehört und sagte, die Kirche würde Fanny unterstützen. Er nannte sie tugendhaft und war gekränkt, als Fanny darüber lachte. Fanny berichtete ihrem Mann von diesen Plänen. Weil der Lehrer nicht wollte, dass der Pfarrer sich zu viel einbildete, sorgte er dafür, dass Fanny auch von der Partei Lebensmittelzuweisungen erhielt, um für die Schulkinder zu kochen. Der Pfarrer meinte, ein rotes Parteibuch sei hier auf dem Lande fehl am Platz. Fanny sagte, das sei ihr egal, solange die Kinder zu essen bekämen.

DIE ELTERN ERHIELTEN DIE NACHRICHT vom Tod des Bruders. Ein halbes Jahr zuvor war ein Mann aus dem Nachbarort aus der Gefangenschaft zurückgekehrt, und sie hatten gehofft, Toni würde der nächste sein. Nun wussten sie, dass er gefallen war. Gefallen, dachte Fanny, klang wie aus eigenem Verschulden. Als habe er nachgegeben, so wie Fanny während ihrer Schwächemomente glaubte, nachzugeben und nicht mehr auszuhalten. Sie hatten gehofft, er würde zurückkommen, der Vater und die Mutter hatten geglaubt und gebetet, aber da war er schon tot gewesen. Fanny versprach dem Vater, sie werde den Hof weiterführen. Vorerst werde sie den Eltern bei der Arbeit helfen, und irgendwann würden der Lehrer und sie in die Senke ziehen und den Hof übernehmen. Oft lief Fanny mehrmals am Tag den Hügel hinunter und hinauf. Sie hatte die Stunden genau eingeteilt, sodass sie, wenn das Mittagessen in der Schulküche vorbereitet war, noch zwei Stunden bei den Eltern sein konnte, bevor die Kinder zu essen bekamen. Am späten Nachmittag konnte sie dann noch einmal zu dem Hof in der Senke laufen, um im Stall zu helfen. Fanny versuchte, genauso viel auf dem Hof zu arbeiten wie vor ihrer Heirat. Sie bemühte sich, so selbstverständlich aufzutauchen, als sei sie zwischendurch gar nicht weg gewesen, als habe sie gar nicht geheiratet und sei nie vom Elternhof fortgegangen. Aber jedesmal, wenn sie auf dem Hof ankam, stand da der Vater und sagte: Ah, Fannerl. Als sei er erstaunt, sie zu sehen. Als hätte er sie nicht mehr erwartet. Für dieses Mal hatte Fanny es abgewendet, die Eltern im Stich zu lassen. Doch schon wenn sie sich zwei Stunden später unauffällig verabschiedete, als ginge sie nur kurz irgendwohin, hatte sie die beiden erneut verlassen, bis sie das nächste Mal gerade noch rechtzeitig kommen und der Vater sagen würde: Ah, Fannerl. Sie wusste, der Vater bemerkte jedesmal, dass Fanny allein und der Lehrer nicht mitgekommen war, um zu helfen. Etwas daran war aber doch richtig, denn so konnte der Vater den Eindruck haben, es hätte sich nichts geändert. Der Vater erwähnte den Lehrer nur selten, aber hin und wieder sagte er, es liege wohl in der Familie, sich für etwas Besseres zu halten, weil auch der Vater von Fannys Mann und sogar seine Schwester Lehrer waren. Die Mutter erwiderte dann, ohne den Vater anzuschauen: Du tust ihm unrecht. Immerhin habe er gekämpft, sagte der Vater und beendete damit das Gespräch. Man erzählte sich im Dorf, dass der Lehrer mit einem Halsschuss in einem der letzten Flugzeuge aus Stalingrad herausgekommen sei. Fanny hatte mit ihrem Mann nie darüber geredet, aber sie war froh, dass ihm etwas so Schlimmes zugestoßen war, denn sie spürte, dass der Vater den Lehrer dafür respektierte.

MANCHMAL, WENN SIE VOM HOF ZURÜCKLIEF, den Hügel hinauf, kam die Schwäche über Fanny. Während sie bergauf lief, spürte sie die Schwäche kommen und lief dagegen an, doch genau auf halber Strecke, an der Stelle, da der Weg den Hügel erklomm, um dann flach zum Schulhaus hinüber zu führen, hatte die Schwäche Fanny eingeholt. Sie erwischte sie in dem Moment, da Fanny den Schritt über die Kante machte. So wie Fanny früher den Kopf auf die Tischplatte hatte fallen lassen wollen, so hatte sie nun das Gefühl, zu Boden zu sinken. Sie stand an der Kante und schwankte, als werde sie im nächsten Augenblick nach hinten kippen und den Hügel hinunterrollen. So wie damals ihr Kopf nicht gefallen war, fiel nun auch Fanny nicht den Hügel hinunter, obwohl sie glaubte, nachgegeben zu haben. Auch heute fürchtete sie, sich nicht rechtzeitig wieder in den Griff zu bekommen, wenn jemand sie bemerken würde, und zugleich stellte sie sich vor, wie man sie auf dem Boden liegend finden würde. Sie hätte gern gewusst, wohin man sie bringen würde, in das Schulhaus hinüber oder hinunter zu dem Hof in der Senke. Wenn dann tatsächlich jemand kam und Fanny grüßte und beim Namen nannte, dann bewegte sie sich und grüßte zurück. Sie sagte, sie sei eben bei den Eltern gewesen und müsse zurück zur Schule, und dann sprach man über das Wetter, denn das Heu würde bald eingebracht werden. Fanny verabschiedete sich und ging in Richtung Schulhaus. Sie war die Schulmeisterin und würde das von nun an immer sein. Sie überlegte, wie viele Lebensmittelmarken sie noch hatte und ob der Pfarrer ihr helfen konnte, mehr Zucker aufzutreiben. Sie grüßte einen Waldarbeiter im Hof der alten Meierei und spürte die Sonne warm auf der Haut an ihren Armen. Fanny ging die Straße entlang, bedächtig, weil sie froh war. Einen Moment lang war ihr egal, dass jemand, der sie sah, denken konnte, sie habe nichts zu tun.

Der Lehrer wusste immer, wo es Veranstaltungen mit Tanz gab, und oft fuhren Fanny und er eine Stunde oder mehr mit dem Wagen, um irgendwo einen Abend lang zu tanzen. Mit der Zeit hatte Fanny die Schrittfolgen und das Zählen der Richterstochter dazu vergessen, und ihre Bewegungen waren flüssiger geworden. Der Lehrer hatte ihr neue Schrittfolgen beigebracht, einfach, indem er sie führte. Er sagte, wie froh er sei, die einzige Frau in der ganzen Gegend zu haben, die tanzen konnte. Im Dorf lachte man über die Tanzerei des Schulmeisterpaares, und Fanny fuhr am liebsten dorthin, wo sie niemanden kannten. Nachdem der Lehrer ihr eine Nähmaschine gekauft hatte, schneiderte Fanny Kleider, die sie nur trug, wenn sie in die weit entfernten Ortschaften fuhren. Die Kleider hatten schwingende Röcke und keine Ärmel, nur schmale Träger über die Schultern. Wenn sie abends zum Tanzen aufbrachen, achtete Fanny darauf, dass niemand sah, wie sie das Schulhaus verließen und in den Wagen stiegen. Erst wenn sie den Weg am Wald entlanggefahren und auf die größere Straße eingebogen waren, legte sie das Tuch ab und in ihren Schoß. Während er den Wagen lenkte, blickte der Lehrer kurz zur Seite, auf Fannys Schulter, die bis auf die schmalen Träger nackt waren. Fanny tat, als bemerkte sie es nicht, aber sie wusste, dass ihm die Kleider gefielen. Manchmal schlug er ihr vor, ihn zu begleiten, wenn er in der Kleinstadt zu tun hatte. Sie gingen dann gemeinsam bis zu dem Stoffgeschäft unweit des Stadttores. Wenn Fanny vor dem Schaufenster stehen blieb, sagte der Lehrer, sie könne sich doch hier die Zeit vertreiben, während er seine Erledigungen machte. Dabei nahm er die Geldscheine, die er vorbereitet hatte, aus seiner Brusttasche. Sie verabredeten sich für später auf dem Hauptplatz, und Fanny betrat das Geschäft, in dem sie noch nie andere Kunden angetroffen hatte. Immer wählte Fanny zuerst praktische Stoffe für Schürzen oder Hemden aus, und erst dann blieb sie wie zufällig bei den Regalen mit der Seide und dem Satin und den Spitzen stehen. Sie nahm die Enden der Stoffrollen zwischen zwei Finger, und wenn ihr ein Stoff besonders gefiel, ließ sie die Besitzerin des Stoffgeschäftes die Rolle herausnehmen und auf einen der großen Tische legen. Dann wurde ein längeres Stoffstück über den Tisch gebreitet, und Fanny und die Besitzerin unterhielten sich über die Qualität und die Verarbeitung, während sie mit den Fingern oder der ganzen Handfläche über den Stoff strichen, ihn rafften und umdrehten und dann zur Seite schoben, um eine weitere Rolle auszubreiten. Bei jedem ihrer Besuche kaufte Fanny neben einem praktischen auch einen sündigen Stoff. Die Besitzerin sagte sehnsüchtig, sie sähe gern einmal die Kleider, die Fanny aus den Stoffen nähe. Sie würde einmal vorbeikommen, sagte Fanny, und eines der Kleider vorführen. Sie dachte jedesmal, wenn sie mit dem Lehrer in die Kleinstadt fuhr, an dieses Versprechen, aber schließlich war es unmöglich, am helllichten Tag in einem solchen Kleid herumzulaufen. Deshalb führte Fanny der Besitzerin des Stoffgeschäftes auch bei ihrem nächsten Besuch kein Kleid vor, sondern kaufte einen neuen sündigen Stoff. Sie beschrieb das Kleid, das sie daraus schneidern und das sie nur selten zum Tanzen anziehen würde, und die Besitzerin meinte, Fanny würde darin bestimmt sehr schön aussehen.

AN EINEM HEISSEN TAG, an dem das Gewitter für den Abend erwartet wurde, sollte auf dem Hof in der Senke das Heu eingebracht werden. Obwohl das die anstrengendsten Tage des Jahres waren, freute Fanny sich auf den Moment, da sie das Heu rechtzeitig eingebracht haben und in der Küche zusammensitzen und Most trinken würden. Auch der Vater wäre dann hochgestimmt, weil es gelungen war. Der Lehrer war zu einer wichtigen Parteisitzung gefahren. Fanny hatte erst heute in der Früh von dieser Sitzung erfahren. Sie hatte dem Vater schon vor Tagen gesagt, dass der Lehrer beim Heuen helfen würde, und sie hatte sich darauf gefreut, dass der Vater mit ihm zufrieden sein würde. Fanny, die Eltern und die Helfer standen in der Gluthitze auf dem Feld. Es war das steile Feld am Hügelrücken, und das Heu war so trocken, dass man meinte, es würde sich jeden Augenblick entzünden. Fanny hatte dem Vater gesagt, der Lehrer habe zu einer wichtigen Sitzung müssen. Der Vater gab das Zeichen zum Anfangen. Fanny konnte hören, wie er zur Mutter sagte: Aus dem wird nie ein Bauer. Dafür sei er aber der Lehrer, wollte Fanny in einem Aufwallen von Zorn zum Vater sagen, und schämte sich zugleich für ihren Mann, der seinen Schwiegereltern nicht bei der Arbeit half. Fanny arbeitete an diesem Tag so verbissen, dass der Vater einmal sagte, sie solle sich zurücknehmen, sonst werde sie der Hitzschlag treffen. Die Sonne brannte herunter, das Heu stach, die feinen Halme drangen unter die Haut. Hinter sich, wo der Vater arbeitete, spürte Fanny die Verachtung für den Lehrer, der ihr Mann war. Sie wollte vor dieser Verachtung davonlaufen, bis ihre Wirkung nachließe, anstatt mit dem Rechen in stetigem Abstand vor ihr herzugehen. Weil ihre Brust so brannte und die Halme ihr lauter nadelfeine Kratzer beigebracht hatten, blieb Fanny einen Moment lang stehen und richtete sich auf. Die Eltern überholten sie. Fanny fuhr sich mit den Fingernägeln über die Brust, bis die unsichtbaren Kratzer Wunden waren und bluteten. Fanny stellte sich vor, wie sie in dem Wirtshaus, das sie nicht kannte und in dem die Partei ihre Sitzung abhielt, in der Stube erscheinen würde wie ein Racheengel. Sie würde den Lehrer, der ihr Mann war, packen und auf das Feld schleifen, damit er das ganze Heuen allein besorge, während sie und der Vater und die Mutter ihm dabei zusahen.

Fanny hatte den Vater und die Mutter wieder überholt und arbeitete mit der Verachtung im Rücken. Sie rechte und zwischendurch wischte sie, ohne den Rechen loszulassen, mit dem Unterarm über ihr Gesicht. Der Schweiß brannte in den Augen. Sie ging quer über den Hang und rechte, wischte mit dem Unterarm über das Gesicht, um in derselben Bewegung weiterzurechen, und stellte sich vor, wie der Vater Gericht hielt. Sie sah den Vater vor sich, wie er auf einer Art Kanzel stand, ähnlich der des Pfarrers in der Kapelle. Der Vater sagte, dass Fanny, die Tochter von dem Hof in der Senke, für den Untergang des Hofes verantwortlich sei. Nachdem fünf Generationen ihr Leben und ihren Fleiß und ihrer Hände Arbeit für diesen Hof gegeben hatten, sagte der Vater von seiner Kanzel vor dem Stallgebäude herab, habe sie, Fanny, den Untergang dieses Hofes besiegelt. Fanny war am Ende einer Reihe angelangt und ging einige Schritte nach unten, um die nächste Reihe entlang zurückzugehen. Von seiner Kanzel streckte der Vater einen Arm aus und sprach den Bann über Fanny. Sie war verstoßen. Sie stach die Heugabel in einen Haufen und trug und schleifte den Haufen zur Ladefläche des Heuwagens. Fanny war für den Untergang des Hofes in der Senke verantwortlich. Sie ging zurück, stach die Heugabel in den nächsten Haufen und trug ihn zur Ladefläche. Sie war nicht mehr würdig und durfte nicht zurückkommen, nie wieder einen Fuß auf den Hof in der Senke setzen. Fanny hievte ein Bündel Heu auf die Ladefläche und ging zurück zum nächsten Haufen. Das Urteil, der Bann, die Verstoßung. Sie musste gemeinsam mit dem Lehrer, der ihr Mann war, gehen. Sie durften nie wieder zurück. Fanny war nur noch Schulmeisterin. Der Schweiß brannte in den Augen. Bis zum Abend hatten sie das Heu eingebracht, doch das Gewitter blieb aus.

AM ABEND LAG FANNY in ihrem Ehebett und wartete, dass der Mann nachhause kommen würde. Bei jedem Schritt, den sie von draußen hörte, glaubte sie, es sei der des Lehrers. Die Hitze hatte nicht nachgelassen. Die Nächte, in denen man die Decke wegschob und alle Glieder von sich streckte, waren in dieser Gegend selten. Fanny überlegte, wann sie morgen in die Senke hinunterlaufen würde. Sie spürte die tiefe Erschöpfung eines Heutages, die blutigen Kratzer auf ihrer Brust schmerzten. Ihre Arme lagen schwer neben dem Körper. Doch das Brennen, das sie heute den ganzen Tag lang über das Feld getrieben hatte, hielt ihr auch jetzt noch die Augen offen und trug ihr jeden Laut aus der Dunkelheit zu. Schließlich vernahm sie Schritte, die tatsächlich näher kamen, bis unten die Haustür geöffnet wurde. Fanny wollte aufstehen, sie hörte die Schritte durch das Klassenzimmer gehen und über die Stiegen in den ersten Stock heraufkommen. Aufstehen konnte sie nicht. Unbeweglich lag sie auf der Matratze. In ihrem Körper war mit einem Mal nur noch Traurigkeit. Das Brennen war trocken gewesen, die Traurigkeit füllte Fanny aus wie dunkles Wasser. Als der Mann ins Schlafzimmer trat, sah er seine Frau im Nachthemd im Bett liegen. Sie leuchtete weiß in der Dunkelheit. Das Fenster stand offen, von draußen kam warme Nachtluft herein. Fanny hatte geglaubt, sie würde schreien und toben, wenn der Mann endlich nachhause käme. Ohne sich zu rühren, liegend, fragte Fanny, wo er gewesen sei. Der Mann war vor dem Bett stehen geblieben, auch er regungslos. Er war im Hemd, ohne Janker. Er sei zum Ortsvorsitzenden gewählt worden, sagte er. Fanny richtete sich auf. Dem Vater ist das egal, sagte sie. Dein Vater versteht auch nichts von Politik, erwiderte der Mann. Fanny wollte etwas sagen, aber es kam nur ein kleiner, hoher Laut aus ihrem Mund. In der Dunkelheit streckte Fanny die Arme aus. Weiß leuchteten die Ärmel des Nachthemdes. Der Mann zog sich aus, er warf die Kleider auf den Boden und kam zu ihr.

Im Winter ging Fanny oft nur noch einmal am Tag hinunter in die Senke. Jeden Mittag kochte sie für die Schulkinder. Manchmal machten die Frauen im Dorf Anspielungen darauf, dass Fanny noch immer nicht in der Hoffnung war, wie sie sagten. Fanny antwortete nicht auf solche Bemerkungen. Sie sei noch immer so schmal, hörte Fanny und schaute zuerst weg und dann ihrem Gegenüber ins Gesicht, damit dessen Blick sich nicht auf ihren Körper richten konnte. Sie hasste diese Blicke, die versuchten, bis in ihre Gedärme hineinzuschauen, gierig, ob sich dort endlich etwas eingenistet habe. Fanny hätte gern gesagt, das ginge niemanden etwas an. Auf dem Hof in der Senke hatte die Mutter einmal mit dem Kinn auf Fannys Bauch gedeutet und gesagt: Na? Fanny hatte sich umgedreht und war aus der Küche gegangen. Draußen war sie stehen geblieben. Sie konnte schließlich nicht einfach so davongehen. Sie wollte aber auch nicht zurück. Mit gesenktem Kopf verharrte sie im Gang vor der Küchentür. Sie hörte die Mutter herumräumen. Im Gang herrschte Halbdunkel. Fanny streckte eine Hand aus und berührte mit den Kuppen von zwei Fingern die Mauer, die hier aus grauem Stein war. Die Mutter hatte schließlich selbst nur zwei Kinder geboren. Fanny ging zurück in die Küche. Die Mutter kam aus der Speisekammer und betrachtete das Einmachglas, das sie in der Hand hielt. Wird schon noch kommen, sagte sie. Ja, sagte Fanny.

SEIT DIE NACHRICHT VOM TOD DES BRUDERS gekommen war, hatte sich auf dem Elternhof alles verlangsamt. Während des Krieges hatte Fanny dem Vater manchmal, ohne dass er es bemerkte, über den Rücken gestrichen, um seine fortschreitende Erstarrung hinauszuzögern. Nun kam sie gar nicht mehr in seine Nähe. Fanny hatte den Eindruck, der Vater setzte sich nie, immer sah sie ihn herumgehen, immer arbeitete er, obwohl er mittlerweile alle Kühe verkauft und ein Feld verpachtet hatte. Es gab auf dem Hof in der Senke keine Tiere mehr, außer den Hühnern. Trotzdem war er oft im Stall zugegen, und wenn Fanny ihn dort suchte, ordnete er Stricke und Lederriemen und Werkzeug. Einmal sah Fanny ihn im Schweinekoben stehen und ausmisten. Der Vater bemerkte sie nicht. Fanny ging schnell wieder hinaus und dachte, sie müsste sich getäuscht haben. Es gab kein Schwein mehr und keine Einstreu im Koben. Wenn Fanny ihn ansprach, hielt der Vater inne. Dann ging er und nahm irgendeine andere Tätigkeit auf. Die Mutter sagte, sie würde in ihrem Leben nicht mehr lernen, für zwei Leute zu kochen. Von allem mache sie hoffnungslos zu viel. Sie bewahrte die überschüssigen Portionen auf, die aber nicht gegessen wurden, weil die Mutter jeden Tag frisch kochte. Was solle sie schließlich sonst tun, sagte die Mutter. Sie kippte die verdorbenen Sachen dorthin, wo früher der Misthaufen gewesen war, ebenso die Kartoffel- und Eierschalen und alles, was sie dem Schwein verfüttert hatte, als es noch eines gab. Der Vater kam in die Küche und blieb vor Fanny und der Mutter stehen. Er blickte an ihnen vorbei und sah aus, als wolle er hören, was sie sprachen, könne aber nichts verstehen. Wortlos entfernte er sich wieder. Der Vater war immer schweigsam gewesen. Er schätzte Schweigsamkeit als eine Tugend, denn das meiste, was geredet werde, sei unnützes Geschwätz. Fanny fragte die Mutter, ob der Vater überhaupt noch ein Wort spreche. Die Mutter hob die Schultern und ließ sie sinken, und Fanny wusste nicht, was das bedeuten sollte.

ABENDS LAG SIE IM BETT und wartete auf ihren Mann. Oft war der Lehrer bei irgendwelchen Besprechungen, die mit der Partei zu tun hatten, aber Fanny wusste, dass er auch ohne Grund gern im Wirtshaus saß und mit den anderen Männern Karten spielte. Früher, auf dem Hof in der Senke, hatte Fanny nichts davon mitbekommen, was im Dorf geredet wurde. Erst seit sie Schulmeisterin war, wusste sie, dass es immer zwei Wirklichkeiten gab, eine vordergründige, über die laut gesprochen wurde, und eine Wirklichkeit hinter vorgehaltener Hand. Es gab die Ereignisse, die offiziell geschahen, und zugleich gingen immer auch Dinge vor sich, die unsichtbar waren. Die Frauen senkten die Stimme, wenn sie über diese Vorgänge sprachen. Man hörte etwas und merkte es sich gut, auch wenn man es nicht ganz verstand, bis in einem anderen Gespräch eine weitere Information auftauchte. Fanny hatte begriffen, dass man wissen musste, mit wem man worüber sprechen konnte, und dass auch über einen selbst und die eigenen Angelegenheiten gesprochen wurde, wenn man nicht dabei war. Sie ahnte, dass der Vater genau diese unsichtbaren Vorgänge gemeint hatte, wenn er sagte: Über gewisse Dinge spricht man nicht. Ohne zu wissen, wie es ihr zugetragen worden war, hatte Fanny irgendwann erfahren, dass der Vater und Hans Malaun über den Verkauf des Hofes in der Senke verhandelten. Sie hörte, ohne dass es jemand sagte, dass auch der Lehrer in die Verhandlungen eingebunden war. Fanny erwähnte das Gehörte vor der Mutter, die die Schultern hob und sinken ließ und darüber sprach, warum in diesem Jahr die Kartoffeln zu schimmeln begonnen hatten. Fanny lief an vielen Tagen wieder zweimal zu dem Hof in der Senke und versuchte zu helfen, obwohl es nichts zu tun gab. Sie blieb trotzdem da, beobachtete den Vater, die Mutter, als könnte sie nur durch ihre Anwesenheit auf dem Elternhof etwas aufhalten, von dem sie nicht genau wusste, was es war. In Fannys Leben tauchte das Wort Spielschulden auf. Sie wusste nicht, ob sie richtig verstanden, was sie raunen gehört hatte, dass nämlich der Lehrer Spielschulden bei Hans Malaun hatte.

Einmal saß Liese bei Fanny in der Schulküche, da hielt Fanny es nicht mehr aus und fragte Liese, ob sie etwas davon wisse. Liese war nach dem Tod ihres Mannes ins Dorf gekommen, ungefähr zur selben Zeit, da Fanny Schulmeisterin wurde, und sie wusste oft mehr als die anderen Frauen, weil die Männer mit Liese anders redeten, vor allem, wenn einer in der Dunkelheit zu ihr kam. Fanny erzählte Liese, was sie gehört hatte, und Liese machte eine wegwerfende Geste und sagte, Unsinn. Im Wirtshaus werde doch nur um Kleingeld gespielt. Fanny war ein wenig beruhigt, aber das hielt nicht lange an.

In den Nächten träumte Fanny von Männern, die in einem Kreis standen, mit den Rücken nach außen. Fanny wusste, dass unter den Männern der Lehrer und der Vater waren. Sie ging im Kreis an den Männerrücken entlang und wollte herausfinden, welcher von ihnen ihr Vater und welcher ihr Mann war. Sie versuchte, die Gesichter zu erkennen, und konnte doch nur die Rücken sehen. In dem Kreis herrschte Dunkelheit. Manchmal bewegte ein Mann den Kopf, doch wenn Fanny an der Wange ihren Vater oder ihren Ehemann zu erkennen glaubte, verschwand der ganze Kopf in der Schwärze des Kreisinneren. Sie musterte Rücken und Hinterköpfe. Sie versuchte, den Vater und den Lehrer am Jackenstoff und an den Haaren zu erkennen, doch es gelang ihr nicht. Sie war eingeschlafen, während sie darauf wartete, dass der Lehrer nachhause kam, und nun lag sie wieder wach und konnte kaum atmen. Sie stellte sich vor, wie sie ersticken und dass der Mann sie tot im Bett finden würde. Schließlich erfuhr Fanny, als es vordergründige Wirklichkeit geworden war und laut darüber gesprochen wurde, dass Hans Malaun den Hof in der Senke auf Leibrente gekauft hatte. Man erzählte sich die Neuigkeit und sagte, es sei ohnehin kein Erbe da, um den Hof zu übernehmen. Die Malauns zogen auf dem Hof in der Senke ein, und Fannys Eltern übersiedelten in die hintere Kammer. Bald sprach niemand mehr davon. Fanny stellte fest, dass sie ein Kind bekommen würde.

Sie hatte auf ihrem Elternhof nichts mehr zu schaffen. Es war nicht mehr ihr Elternhof, denn er gehörte jetzt Hans Malaun. Niemand brauchte Fanny mehr hier, und trotzdem ging sie weiterhin in die Senke, um jedesmal festzustellen, dass nichts mehr an seinem Platz war. Die Mutter, als habe sie sich schon seit vielen Jahren auf die Unsichtbarkeit vorbereitet, war nun endgültig zum Hausgeist geworden. Man war sich nie sicher, ob man sie aus den Augenwinkeln gesehen oder ob man sich doch getäuscht hatte. Die Eltern waren wie zwei Tiere, in deren Bau sich während ihrer Abwesenheit jemand eingeschlichen hatte. Nun nahmen sie überall den fremden Geruch wahr und gingen unruhig umher, ließen sich nieder und nahmen gleich ihre Wanderung wieder auf, um den Eindringling zu finden, dessen Spuren sie unablässig riechen konnten. Das Schlimmste war aber, dass die Fremden nicht in ihrer Abwesenheit vorbeigekommen waren, sondern dass sie bleiben und nicht wieder gehen würden. Die Eltern würden den fremden Geruch nie wieder los. Wenn Fanny in der Senke unten war, saß sie mit der Mutter auf der Bank an der Hauswand, denn die Mutter scheute die Küche, in der sie so viel Zeit verbracht hatte und die ihr nun nicht mehr gehörte. Nebeneinander saßen die Mutter und Fanny auf der Bank an der Hauswand und sahen dem Vater beim Herumgehen zu. Er war noch immer ein stattlicher Mann. Fanny dachte bei sich, dass er noch nicht einmal alt war, und trotzdem warteten die Malauns nun darauf, dass er eines Tages sterben würde. Er war nicht mehr der Herr auf dem Hof in der Senke, sondern einer, der bis zu seinem Ableben bei der Arbeit helfen würde. Die Mutter und Fanny sahen ihm zu, wie er aus dem Stall kam, über den Hof ging, wie es ihn durch das Tor hinaus auf die Felder trieb, bis er irgendwann wieder zurück in den Hof trat. Immer wieder schüttelte er auf seinen Gängen den Kopf, als könnte er dadurch etwas loswerden. Warum hat er das getan, fragte Fanny die Mutter, während der Vater durch das Tor nach draußen verschwand. Die Mutter saß neben Fanny. Sie kam ihr sehr klein vor. Die Malaunin, sagte die Mutter, denn so nannte sie die Frau von Hans Malaun, schaffe ihr Arbeiten an wie einer Dienstmagd. Es bereite den Malauns Vergnügen, die alten Hofherren spüren zu lassen, dass sie nichts mehr zu sagen hatten. Sein Stolz halte das nicht aus, sagte die Mutter und schaute zu dem Tor, durch das ihr Mann verschwunden war. Fanny legte eine Hand auf ihren Bauch. Sie hatte oft Anfälle von Übelkeit. Die Mutter blickte auf Fannys Hand. Sie fragte, ob alles gut gehe. Nachdem sie einen Moment geschwiegen hatten, fing die Mutter wieder an zu sprechen. Es war die Stimme, mit der sie früher nur zu sich selbst gesprochen hatte, wenn sie allein in der Küche war und Fanny unter der Eckbank saß. Fanny hatte den Eindruck, als rede die Mutter unablässig vor sich hin, manchmal im Stillen, manchmal laut genug, dass man es hören konnte. Das Schlimmste aber sei, sagte die Mutter, dass Hans Malaun ein schlechter Bauer sei. Er werde den Hof herunterwirtschaften. Ständig erzähle er dem Vater, was er nun, da er der Bauer sei, anders machen werde, und der Vater müsse sich das anhören. Irgendwann werde der Vater den Hans Malaun erschlagen, sagte die Mutter.

FANNY SASS AUF IHREM STUHL hinter der Wohnzimmertür. Der alte Holzstuhl mit dem Lederbezug passte genau an das schmale Stück Wand zwischen dem Kamin und der Wohnzimmertür. Mit der geöffneten Wohnzimmertür konnte Fanny diesen Winkel vollständig verschließen, aber meist zog sie die Tür nur so weit zu sich, dass sie aus ihrem Versteck heraus auf die Fenster gegenüber und den Fernseher in der anderen Zimmerecke sehen konnte. Auch so hätte sie hier niemand zufällig gefunden. Fannys Hände zitterten heute stark. Sie hielt die eine mit der anderen in ihrem Schoß fest. Sie hatte den Fernseher einschalten wollen, aber die Fernbedienung lag auf dem Fensterbrett und Fanny hätte noch einmal aufstehen müssen. Draußen regnete es. Der Regen schloss sich um das Haus mit Fanny darin wie um eine Höhlung. Fanny versuchte, hinter dem Geräusch des Regens andere Laute auszumachen. Sie glaubte, etwas aus dem Keller zu hören. Sie war schon lange nicht mehr unten gewesen, weil sie fürchtete, auf der steilen Treppe zu fallen. Jemand hätte dort unten wohnen können, ohne von Fanny bemerkt zu werden. Manchmal hörte sie Geräusche und dachte an ihren Sohn. Es klang, als würde er dort unten Bretter herumtragen und an der Wand abstellen. Fanny wartete auf die Säge, dann hätte sie gewusst, dass sie sich nicht täuschte, aber die Säge hörte sie nie. Vielleicht gaukelte ihr der Regen etwas vor, oder aber sie hörte tatsächlich Geräusche aus dem Keller, und es war nicht ihr Sohn, sondern der Gevatter Tod. Fanny wusste, dass er immer öfter im Haus unterwegs war. Sie erinnerte sich, wie sie ihn zum ersten Mal gesehen hatte. Damals war sie im Morgengrauen am Fenster gestanden und hatte ihn durch den Wald gehen sehen. Sie hatte ihn schön gefunden. Eine große, stille Gestalt. Die Anmut in seinen ruhigen Bewegungen gefiel ihr.

Der Lehrer war früh am Abend nachhause gekommen. Er hatte erzählt, im Wirtshaus habe eine unangenehme Stimmung geherrscht. Michael Pran hatte beim Kartenspielen verloren, und alle seien rundherum gesessen wie bei einem Begräbnis. Der Lehrer hatte Michael Pran eine Hand auf die Schulter gelegt, doch der hatte ihn nicht wahrgenommen. Niemand hatte auf den Gruß des Lehrers reagiert. Er war froh gewesen, aus der verrauchten Stube an die frische Luft zu treten. Fanny träumte von dieser Nacht, wieder und wieder. Sie sah Michael Pran allein in der Stube sitzen, nachdem die Männer sich einer nach dem anderen verabschiedet hatten. Selbst der Wirt war verschwunden. Fanny sah die Hände des Michael Pran offen und kraftlos auf dem Tisch liegen. Sie wollte seine Hände mit ihren schließen und ihm in den Schoß legen, weil die Handflächen auf der Tischplatte so verwundbar aussahen. Auf der Bank am Kachelofen der Wirtsstube saß der Gevatter Tod und wartete geduldig, bis für Michael Pran der Zeitpunkt gekommen war, um aufzustehen. Er erhob sich mit ihm und wartete auch noch, bis Michael Pran sich nicht mehr an der Sessellehne festhalten musste. Dann gingen sie nach draußen, der taumelnde Michael Pran und hinter ihm Gevatter Tod. Gemessenen Schrittes folgte der Gevatter Michael Pran in den Wald. Eine ganze Nacht verbrachte er an Michaels Seite. Alle Kindheitswege gingen sie ab, an die Michael sich erinnern konnte. Zu dem Tümpel, in dem sie gebadet hatten, zu der Stelle im Wald, wo sie sich versteckt hatten, wenn sie einer Bestrafung entgehen wollten. Unerschütterlich begleitete der Gevatter Tod Michael Pran zu jedem seiner Felder, und gemeinsam begutachteten sie das Getreide. Als der Frühnebel sich senkte und in der Morgendämmerung die Umrisse der Welt auftauchten, als die Nacht, obwohl noch im Vergehen begriffen, unvorstellbar schien, trat Michael aus dem Wald und blickte über die Wiese zu seinem Hof. Es sah nach schönem Wetter aus. Michael Pran ging quer über die Wiese durch den Tau, Gevatter Tod an seiner Seite. Auf seinem Hof blickte Michael sich um, betrachtete das Wohnhaus und das Stallgebäude. Er ging in den Schober, gemessen wie Gevatter Tod. Im Schober suchte er im frühen Tageslicht, das von draußen hereinfiel, nach einem Kälberstrick, dann verriegelte er das Tor von innen.

Als Fanny erwachte, war es still. Der Mann neben ihr schlief mit offenem Mund. Gegen Morgen hörte sein Schnarchen für gewöhnlich auf. Es war, als bräuchte er die ganze Nacht, um wirklich zur Ruhe zu kommen. Er schlief einen schweren Schlaf. Wenn der Mann sich in der Nacht von einer Seite auf die andere drehte, schwankte Fanny auf ihrer Seite des Bettes wie auf einem dünnen Ast. Fanny mochte es, wenn der Mann so tief in den Schlaf hinabgesunken war, dass sein Schnarchen aufhörte. Die vollkommene Ruhe eines schweren Körpers war imstande, auch Fanny zu beruhigen. Sie erinnerte sich daran, wie das Pferd, das sie vor vielen Jahren auf dem Hof in der Senke gehabt hatten, nach seinem Tod im Stall gelegen war, als wollte es in die Erde einsinken. Welche Mühe es gemacht hatte, das Gewicht dieses leblosen Körpers wegzuschaffen. Fannys Herz schlug im Moment des Erwachens oft wie das eines winzigen Tieres in großer Aufregung. Sie spürte das flatternde Herz im Hals und war überzeugt, dass man es durch die dünne Haut von außen sehen konnte. Sie lag und wartete, bis das Herz sich beruhigt hatte. Es war früh am Morgen. Der Mann war gestern im Wirtshaus gewesen, aber er war nachhause gekommen, bevor Fanny begonnen hatte zu warten. Fannys Abende teilten sich in verschiedene Abschnitte, und erst den letzten bildete das Warten. Zunächst war das Kind noch wach und saß daneben, wenn Fanny in der Schulküche im Erdgeschoß aufräumte und Vorbereitungen für den nächsten Tag traf. Toni war ein stilles Kind. Er hatte die großen dunklen Augen der Mutter. Manchmal war Fanny mit etwas beschäftigt und dachte nicht daran, dass er da war, bis sie zu ihm hinüberblickte. Dann schaute er sie an und lächelte. Er hatte ein gütiges Lächeln, das für ein Kind unpassend schien, aber an ihm ganz natürlich wirkte. Die Leute konnten nicht anders, als überrascht zurückzulächeln, wenn Toni sie so anschaute. Fanny beobachtete das Kind und verglich es mit ihrem Bruder. Nie konnte sie mit Sicherheit sagen, ob sie sich ähnelten oder nicht. Sie erinnerte sich an Toni, wie er später gewesen war, groß und kräftig. Ihr eigenes Kind erschien ihr so verletzlich. Jeden Abend, wenn sie Toni zu Bett gebracht hatte und aus dem Zimmer ging, hatte Fanny das Gefühl, ihn zurückzulassen. Oft rief er noch einmal nach ihr, und manchmal weinte er. Weil sie wusste, dass man Kindern nicht nachgeben soll, ließ Fanny ihn rufen. Sie machte die Wohnzimmertür zu, um sein Rufen nicht zu hören, aber wenn er weinte, hielt sie es nicht aus und ging zu ihm. Er sah sie dann an, als habe er sie für immer verloren geglaubt, und sie blieb bei ihm sitzen, bis er eingeschlafen war. Fanny mochte die Zeit, wenn das Kind schlief und sie noch im Wohnzimmer saß und Näharbeiten erledigte. Sie mochte es, wenn sie dann in der stillen Wohnung die letzten Handgriffe erledigte, das Nähzeug wegräumte, in der Küche über die Arbeitsfläche wischte und ein Licht nach dem anderen löschte, zuerst im Wohnzimmer, dann in der Küche und zuletzt im Vorraum und im Bad, schließlich im Schlafzimmer. Fanny legte sich ins Bett, sie war erschöpft. Erst jetzt begann das Warten. Je später der Mann nachhause kam, desto kürzer waren die Stunden, in denen Fanny schlief. Gestern war er gekommen, kurz nachdem sie sich hingelegt hatte.

Durch den Spalt neben dem Vorhang kam Sonnenlicht ins Zimmer. Rasch war Fanny aus dem Bett und zog das Nachthemd über den Kopf. Im Bad wusch sie sich mit kaltem Wasser das Gesicht und mit einem Waschlappen die bestimmten Stellen. Sie zog den grauen Rock und eine gelbe Bluse an. Dann ging sie in die Schulküche hinunter und kochte Kaffee. Bevor sie mit der Arbeit begann und die Kartoffeln aus dem Keller holte, wollte Fanny in den Garten gehen. Sie schenkte sich eine Tasse Kaffee ein, die sie mit viel Milch und Zucker verrührte, und trat durch die hintere Tür in den Garten hinaus. Sie spürte die Morgenluft kühl an den Augenlidern und den Wangen. In den Ribiselsträuchern am Zaun leuchtete die Sonne, der Rest des Gartens lag noch im Schatten. Fanny hielt die warme Kaffeetasse mit beiden Händen und ging zwischen den Beeten hindurch. In ihrem Garten gab es alles, was in dieser Höhenlage wachsen konnte, sie zog Kartoffeln, Kraut und Karotten und hatte ein eigenes Kräuterbeet. In einer Ecke hinten im Garten aber hatte sie Pfingstrosen gepflanzt. Die rosaroten Blüten wie aus zerfranstem Seidenstoff hingen schwer zwischen den dunkelgrünen Blättern. Fanny war beim Anblick ihrer Pfingstrosen jedesmal gerührt, weil sie so prächtig und nutzlos waren. Sie blieb vor den Ribiselsträuchern stehen und streckte ihren Arm in dem gelben Blusenstoff aus, um eine Beere zu kosten. Die Säure zog ihr den Mund zusammen. Fanny hatte die Kaffeetasse auf der Erde abgestellt, um Unkraut auszureißen, das sich unter den Sträuchern angesiedelt hatte, als sie jemanden herankommen sah. Sie richtete sich auf und erkannte den jungen Mühlenhofbauer. Obwohl er mit sechzehn Jahren größer war als die meisten Männer des Dorfes, sah er aus wie ein Bub. Er war, trotz seines schnellen Laufs, sehr blass. Endlich war er bei ihr angekommen. Frau Lehrer, sagte er, Gott sei Dank, dass du da bist. Er hielt sich am Zaun fest. Was ist denn, fragte Fanny und ahnte, dass es schlimm war. Der Michael Pran hat sich aufgehängt, im Schober, sagte der Bub und wurde noch blasser. Er bewegte die rechte Hand vor das Gesicht, und Fanny tat es ihm gleich. So standen sie und bekreuzigten sich, dann fragte Fanny nach der Frau und den Kindern. Anna sei zu ihm gekommen, wegen einer Axt, sagte der Bub. Er habe den Schober aufgemacht. Er hielt sich mit beiden Händen am Zaun fest. Er habe ihn heruntergetan, sagte der Bub. Er habe vorher noch nie einen Toten gesehen. Er müsse zurückgehen, sagte Fanny, sie werde gleich nachkommen, aber bis dahin müsse er aufpassen, dass Anna nicht in den Schober gehe. Er dürfe sie auf keinen Fall in den Schober lassen. Der junge Mühlenhofbauer lief wieder davon, und Fanny ließ ihre Kaffeetasse unter den Ribiselsträuchern auf der Erde stehen und ging ins Haus. Sie weckte den Lehrer, der sich auf der Bettkante sitzend bekreuzigte und sagte, er werde den Arzt und den Pfarrer holen. Dann lief Fanny zum Pranhof. Sie lief zuerst durch das Dorf und bog dann in einen Feldweg. Sie lief durch eine menschenleere Welt, in der alles von der gleichen Farbe zu sein schien. Der Weg, die Erde, die Felder, die Steine, die Stämme der unbewegten Bäume, still und glatt. Endlich tauchte der Pranhof auf.

DER PRANHOF HATTE KEIN TOR, die große Fläche zwischen Wohngebäude und Stall war an zwei Seiten offen. Fanny war am Rand stehen geblieben. Ihr fiel ein, dass Anna schon in den Schober geschaut haben könnte, während der Bub zum Schulhaus gelaufen war oder dort am Zaun gestanden hatte. Niemand hatte Fanny bemerkt. Der Bub stand vor dem Schober und sah angestrengt zu, wie Anna Pran zwischen dem Stall und dem Schober hin- und herlief. Immer wieder ging Anna auf den jungen Mühlenhofbauern zu, der das Tor des Schobers bewachte und aussah, als stünde er dem Teufel gegenüber und nicht einer kleinen Frau mit einer Schürze. Sie steuerte auf ihn zu, drehte, kurz bevor sie ihn erreichte, ab und ging zurück zum Stall, immer begleitet von den Hühnern, die sich um ihre Füße scharten und auf Futter warteten. Fanny stand am Rand. Sie war wie gebannt von der sich ständig wiederholenden Szene. Sie schaute Anna Pran zu, wie sie vom Stall zum Schober lief, abdrehte, zum Stall lief, kehrtmachte, dabei ständig der Pulk der Hühner um ihre Füße. Fanny stand dort, wo die Schwäche über sie gekommen war. Sie kannte die Schwäche nun schon lange, sie wusste, sie würde auch dieses Mal nicht zu Boden sinken. Der Bub hatte das Tor zum Schober zugezogen. Fanny bemerkte das Loch, das mit der Axt rund um den Riegel in das Holz gehackt worden war. Fanny kannte die Schwäche. Sie verharrte, der Kopf so schwer auf dem Hals, dass er bei der geringsten Bewegung abbrechen würde. Fanny stellte sich vor, wie ihr Kopf zu Boden fiel. Sie hielt still. Die Hühner folgten Annas ruhelosen Beinen zwischen dem Stall und dem Schober hin und her. Fanny spürte ihre Finger wieder. Sie würde auch diesmal nicht niedersinken, nicht fallen, nicht liegen bleiben.

ENDLICH SAH DER BUB ZU IHR HINÜBER. Fanny konnte die Erleichterung in seinem Gesicht sehen. Sie ging auf Anna zu, die eben wieder zum Stall laufen wollte. Sie fasste Anna an beiden Oberarmen, damit sie stehen blieb. Die Hühner scharten sich um die Beine der beiden Frauen. Das Futter ist im Schober, sagte Anna und wollte wieder umdrehen, aber Fanny hielt sie an den Oberarmen fest und sagte: Anna, hast du heute schon einen Kaffee getrunken? Anna schaute sie an. Fannerl, sagte sie, wo kommst du denn her? Folgsam ging sie mit Fanny zum Wohnhaus und in die Küche. Fanny befahl ihr, sich hinzusetzen, und kochte zum zweiten Mal an diesem Tag Kaffee, diesmal in einer fremden Küche. Anna rieb ihre Hände aneinander, als sei ihr sehr kalt. Fanny fragte, wo sie den Kaffee aufbewahre, und als Anna sagte, ihre Hände seien so trocken, hatte Fanny den Kaffee gefunden. Die Tür ging auf, und die Kinder kamen in die Küche, die beiden Buben zuerst, dann das Mädchen, das den Jüngsten auf dem Arm trug. Hintereinander gingen die Kinder zur Bank und setzten sich, eines neben das andere. Sie schauten Fanny an. Auf ihre Frage, wie lange sie schon wach seien, gab keines eine Antwort. Sie fragten auch nicht, warum die Schulmeisterin bei ihnen in der Küche war und die Mutter auf einem Sessel saß und ständig ihre Hände aneinander rieb. Sie sprachen überhaupt nicht. An diesem Morgen sprach in der Küche des Pranhofes nur die Schulmeisterin. Fanny wusste, sie durfte nicht aufhören zu sprechen. Die Kinder folgten mit ihren Blicken jedem von Fannys Handgriffen und lauschten jedem ihrer Worte. Fanny wärmte Milch für die Kinder und sagte, sie glaube fest daran, dass der Sommer noch heiß werde. Sie fragte die Kinder, ob sie gern in den Tümpel beim Mühlenhof baden gingen, und nötigte Anna, vom Kaffee zu trinken. Sie schmierte den Kindern Brote, und während sie von den Broten abbissen, ließen die Kinder Fanny nicht aus den Augen. Fanny räumte in einem Schrank herum und fragte die Kinder, ob sie die Küken auf dem Nachbarhof schon gesehen hätten, es seien mindestens zwanzig. Als sie von draußen Männerstimmen hörte, sprach Fanny ein wenig lauter und die Kinder hefteten ihre Blicke noch fester auf die Schulmeisterin, die erzählte, dass die Ribiseln im Schulgarten bald reif seien. Sie hörten schwere Schritte im Vorhaus, und Fanny hob ihre Stimme noch mehr und hätte den Männern gern verboten, hereinzukommen. Die Menschen, die an diesem Morgen in der Küche des Pranhofes saßen, wollten bis in alle Ewigkeit so bleiben. Als sich die Küchentür öffnete, hörte Fanny mitten im Wort zu sprechen auf. Sie war die einzige, die den Lehrer und den Pfarrer anschaute. Der Pfarrer grüßte sie mit einem Nicken. Fanny hatte begonnen, Geschirr abzuwaschen, und trocknete sich nun die Hände in einem Geschirrtuch. Die Kinder sahen ihr zu, als könnten sie davon etwas lernen. Der Pfarrer hustete. Anna rieb ihre Hände aneinander. Fanny setzte sich zu den Kindern auf die Bank und sagte ihnen, dass der Vater nicht mehr da sei. Fanny war froh, den Kindern sagen zu können, dass ihr Vater jetzt im Himmel sei, auch wenn sie selbst nicht daran glaubte. Der Pfarrer und der Lehrer standen noch immer da, die Küchentür war offen geblieben. Die Kinder hörten der Schulmeisterin zu, die vom lieben Gott im Himmel erzählte. Natürlich verstanden sie nicht, was es bedeutete, dass der Vater gestorben war. Sie würden spüren, dass er nicht da war, jeden Tag, und nicht wiederkommen würde, an keinem Tag. Was es bedeutete, dass einer tot war, verstand eigentlich niemand jemals.

Erzähl mir vom Chinesen, sagte die Enkeltochter und meinte das Faschingsfest, das Fanny als Königin ausgerichtet hatte. Es war der erste Fasching nach dem Tod der Mutter gewesen. Sie hatte den Vater nicht lange überlebt. Knapp zwei Jahre hatte sie bei Fanny im Schulhaus gelebt, und oft hatte sie verwundert gesagt, sie habe immer gedacht, sie werde zuerst gehen. Sie sagte, der Vater sei immer so stark gewesen und sie selbst so schwach. Wie habe da jemand denken können, dass sie sich einmal allein, ohne den Vater, wiederfinden würde, fragte die Mutter und erwartete keine Antwort. Der Vater hatte Schweigsamkeit für eine große Tugend gehalten, und es war, als könne seine Frau nun, da er gestorben war, nicht mehr aufhören zu sprechen. Mit dieser sonderbaren Stimme, die Fanny seit den Tagen unter der Eckbank kannte und die nun die einzige Stimme der Mutter geworden war, verlieh sie ihrem grenzenlosen Erstaunen über den Lauf der Dinge Ausdruck. Es war eigentlich der Krieg, sagte die Mutter. Wenn Toni nicht dort geblieben wäre, hätte er den Hof übernommen. Der Vater wäre sogar einverstanden gewesen mit dieser Maria, sagte die Mutter und nickte Fanny zu. Wenn er bloß nicht dort geblieben wäre. Der Krieg war eigentlich schuld. Niemand hätte sich denken können, dass sie sich einmal ohne den Vater wiederfinden würde. Komm, sagte Fanny und nahm Toni an der Hand, komm mit mir in die Küche. Sie hatte der Mutter das kleine Zimmer im Erdgeschoß eingerichtet, das diese so gut wie nie verließ. Die Tür jedoch stand immer offen. Toni lernte zu jener Zeit das Gehen, und oft fand Fanny ihn vor dem Zimmer seiner Großmutter. Er wagte sich nie hinein, sondern ließ sich auf der Schwelle nieder, eng am Türrahmen, hinter dem er jederzeit wieder verschwinden konnte. Die Mutter saß auf dem Bett, hatte eine der Schachteln, die sie darunter aufbewahrte, auf den Knien und sprach ohne Unterlass vor sich hin. Fanny wurde ärgerlich, wenn sie sah, wie Toni auf der Türschwelle saß und seiner Großmutter zuhörte. Wenn Toni nur nicht im Krieg geblieben wäre, sagte die Mutter immer wieder, und Fannys Hals wurde eng vor

Wut. Hör auf, sagte Fanny, hör doch auf mit diesem verdammten Gerede. Die Mutter schob eine Schachtel unter das Bett und schaute Fanny an. Fanny fragte, ob sie ihr mit dem Kartoffelteig helfe. Aber nein, sagte die Mutter, es ist schließlich nicht meine Küche. Komm. Fanny nahm Toni an der Hand. Komm du mit mir in die Küche. Hinter sich hörte sie die Mutter ihre Reden wieder aufnehmen. Fanny hob Toni hoch, um schneller gehen zu können.

Etwa zwei Jahre lang sprach die Mutter so vor sich hin und wurde immer leiser, bis Fanny und der Lehrer mit ihr ins Krankenhaus fahren mussten und sie nicht mehr nachhause kam. Fanny räumte das kleine Zimmer im Erdgeschoß aus und schaute zum ersten Mal in die Schachteln, die die Mutter unter dem Bett aufbewahrt hatte. Darin waren Stücke von Stricken und Lederriemen, Knöpfe, Haken und Spagat. Eine Schachtel aber war voller Besteck. Es waren die Gabeln, Löffel und Messer von dem Hof in der Senke, mit denen Fanny aufgewachsen war. Fanny nahm jedes Stück einzeln heraus, jede Gabel, jeden Löffel und jedes kleine Messer, den Schneebesen, das Fleischmesser und das Brotmesser, und ordnete alles auf der Bettdecke an. Löffel, Gabeln und die kleinen Messer zueinander, an den Seiten der Schneebesen und die großen Messer wie ein Bilderrahmen. Fanny stellte sich vor, wie die Malauns entdeckten, dass die Mutter ihnen das gesamte Besteck davongetragen hatte. Sie lachte. Sie schüttelte den Kopf und lachte und räumte das Besteck wieder in die Schachtel und freute sich, dass die Mutter den Malauns etwas zufleiß getan hatte. Dann trug sie die Schachteln von dem kleinen Zimmer im Erdgeschoß in den ersten Stock und weiter auf den Dachboden und schob sie dort in das oberste Fach eines alten Schranks. Mit jeder Stufe wurde Fanny stärker von einer Müdigkeit erfasst, die so tief war, dass ihre Arme und Beine davon zitterten. Sie ging über die Stiege wieder hinunter in die Wohnung und musste sich an der Wand abstützen. In ihrem Kopf stach ein Schmerz von hinten nach vorne, vor Fannys Augen flirrten graue Punkte. Sie tastete sich bis ins Schlafzimmer und in ihr Bett und fiel in einen Schlaf, gegen den sie wehrlos war und aus dem sie erst am nächsten Morgen erwachte. Von diesem Tag an gab es für Fanny keinen Elternhof mehr. Wenn sie nun den Weg am Hügel entlangging, schaute sie über die dunklen Wälder hin, ohne den Hof zu sehen, wo sie einmal gesessen war und in den sandigen Boden gezeichnet hatte. Die Senke hatte alles verschluckt. Der steile Weg hinunter war verschwunden.

Fanny war die Schulmeisterin. Ihr Zuhause war das Schulhaus oben auf der Hügelkuppe.

DER FASCHINGSTAG WAR UNGEWÖHNLICH WARM. Die Landschaft war ausgelaugt und noch ohne Grün, aber die Sonne schien frühlingshaft. Erzähl mir vom Chinesen, sagte die Enkeltochter, und Fanny erzählte zunächst, wie sie wochenlang an den Kostümen genäht hatte, weil sie ein prächtiges Faschingsfest ausrichten wollte. Der Pfarrer tadelte sie deswegen, und sie schlug ihm vor, er könne doch als Rauchfangkehrer gehen, der sei auch ganz in Schwarz. Das Kind lachte mit Fanny, wenn sie an dieser Stelle ihrer Erzählung ankam. Fanny erzählte von all den Mehlspeisen, die sie für diesen Tag zubereitet hatte und die auf dem Platz vor dem Schulhaus auf einem langen Tisch angerichtet waren. Sie erzählte von den Kindern, die als Cowboys und als Indianer verkleidet waren, und dass es mehr Indianer als Cowboys gab, weil die nur eine Feder und ein Stirnband brauchten, und von dem Mohrenkostüm, für das sie einen Bastrock aus Heu angefertigt hatte. Ein wenig abseits der tobenden Kinder stand ein kleines chinesisches Männlein und schaute aufmerksam zu. Fanny hatte sich bemüht, ihrem Sohn mithilfe von schwarzen Lidstrichen Schlitzaugen zu malen, aber seine Augen wirkten dadurch noch größer. Auf dem Kopf trug er einen runden Hut, der oben spitz zusammenlief, und einen gelben Kittel, den Fanny geschneidert hatte. Der Chinese war mein Vater, ergänzte die Enkeltochter. Ja, das war dein Vater, sagte Fanny. Es sei ein besonderer Tag gewesen, weil alle zum ersten Mal in diesem Jahr den Frühling gespürt hätten. Die Gerüche hatten begonnen, sich aus der Erde zu lösen, und immer wieder hob eine der Frauen, die beieinander standen, die Nase in die Luft und atmete tief ein. Dann erzählte Fanny von ihrem eigenen Kostüm, an dem sie so lange genäht hatte, ihrem Königinnenkleid. Sie beschrieb der Enkeltochter den Stoff, ultramarinblauer Chiffon. Es war einer der sündigen Stoffe. Sie hatte ihn jahrelang bei den Kleidern aufbewahrt, die sie nicht mehr trug, weil der Lehrer und sie schon lange nicht mehr zum Tanzen gefahren waren. Fanny beschrieb der Enkeltochter die enge Taille und den Rock aus gefälteltem Stoff, das geraffte Dekolleté, das überging in zwei

Träger, die aber nicht über die Schultern führten, sondern eng an den Oberarmen anlagen, sodass Hals, Schultern, Schlüsselbeine unbedeckt waren, bis zum Brustansatz. Aber das Kleid war nicht rechtzeitig fertig geworden. Ohnehin, sagte Fanny, hätte sie es nicht anziehen können, es sei viel zu schön gewesen. Fanny hatte deshalb ein Dirndlkleid getragen, und die Krone auf dem weißen Spitzenschleier hatte sie als Königin ausgewiesen.

ALS ES ABEND WURDE, zog es vom Boden kalt in die Füße, aber niemand wollte das Frösteln spüren. Bald würde es dunkel sein, noch war der Himmel blau. Fanny stand bei den anderen Frauen, als sie an ihrem Bein eine Berührung spürte und nach unten blickte. Da stand das Kind, hielt sich die Hände unters Kinn und lächelte ihr komplizenhaft zu. Der Chinesenhut war verschwunden. Fanny legte dem Kind eine Hand auf den Kopf, und es lehnte sich an ihr Bein. Fanny erinnerte sich an das Gefühl des Kinderkörpers an ihrem Bein, und dass sie lachten, weil Liese angetrunken war. Als dann alle weg waren und Fanny vor dem Schulhaus aufräumte, kam ein Nachbar vorbei. Er grüßte Fanny, fragte, ob er ihr helfen könne, und schließlich sagte er leise, sein Jüngster habe hohes Fieber. Ob Fanny vorbeischauen würde? Fanny versprach es und sah dem Mann zu, wie er davonging. Seine Gestalt faserte in der einsetzenden Dunkelheit aus, bis er verschwunden war. Fanny stand im Zwielicht vor dem Schulhaus, in einer Hand einen Kuchenteller, den sie vom Boden aufgehoben hatte, die andere Hand in die Hüfte gestützt. Ein leichter Wind bewegte ihren Schleier.

Das war der Moser, sagte die Enkeltochter. Fanny betrachtete sie. Manchmal war ihr unheimlich, wie sich das Kind in den Geschichten zurechtfand, die sie ihm erzählte. Es war darin zuhause, so wie Fanny im Dorf zuhause gewesen war, und es sprach so vertraut von den Personen aus den Geschichten, als gehörte es selbst dazu. Und es gehörte ja dazu. Gemeinsam hatten sie aus der Vergangenheit, von der das Kind nichts wusste und die doch seine eigene war, eine Märchenwelt gemacht, und oft ergänzte das Kind Fannys Erzählungen, fügte einen Namen hinzu oder erwähnte eine Nebenhandlung, die damit verbunden war. Fanny hatte die Enkeltochter schon manchmal aufgefordert, selbst zu erzählen, weil sie neugierig gewesen wäre, die Geschichten aus dem Mund des Kindes zu hören, doch das verstummte sogleich, als wäre es beleidigt worden. Auch wenn sie die Märchen gemeinsam bewohnten, so blieb doch Fanny die Erzählerin. Erzähl von Hanna, sagte das Kind. Als Fanny schwieg, begann die Enkeltochter mit dem ersten Satz der Geschichte von Hanna: Der Moser war ein Unglücksmann, sagte sie und schaute Fanny an wie eine Souffleuse, die darauf wartet, dass der Schauspieler zurück in seinen Text findet.

DER MOSER WAR EIN UNGLÜCKSMANN, sagte Fanny, und er wohnte in einem Unglückshaus. Das Haus stand an einem Hang, als wollte es gleich abrutschen, es war immer feucht und faulte von unten. Als die erste Moserin starb, ließ sie ihren Mann mit einem kleinen Kind allein, das war Hanna. Der Moser habe sich also eine neue Frau suchen müssen, sagte Fanny, und ihre Enkeltochter nickte. Das war die zweite Moserin. Leider hatte er sich keine gute Frau ausgesucht, und die zweite Moserin behandelte Hanna sehr schlecht. Das Mädchen hatte im Winter keine Socken anzuziehen und bekam schimmliges Brot zu essen. Außerdem ließ die zweite Moserin sie ständig schwere Arbeiten verrichten und war doch nie mit ihr zufrieden. Die zweite Moserin hatte nur eine Freundin im Dorf, das war die Frau von Hans Malaun. Da hatten sich zwei gefunden, sagte Fanny und konnte im Gesicht der Enkelin einen Widerschein ihres eigenen Abscheus sehen. Die zweite Moserin hasste die Schulmeisterin. In einem Märchen hätte sie bestimmt versucht, die Frau des Lehrers mit einem Apfel zu vergiften. Fanny lachte, aber das Kind blickte sie ernst an. Eines Tages nun, erzählte Fanny, ging die zweite Moserin mit einem Schürhaken auf Hanna los und schrie ihre Absicht hinaus, sie diesmal und ein für alle Mal zu erschlagen. Da entkam das Mädchen nach draußen und lief in die Dezemberkälte davon. Im Dorf machte die Nachricht die Runde, dass Hanna verschwunden war. Fanny kam dazu, als ein paar Frauen zusammenstanden und die zweite Moserin eben erzählte, das bösartige Kind habe sich versteckt, weil es wieder einmal etwas angestellt habe. Es war schon Abend, und die Nacht würde sehr kalt werden. Fanny wurde von einer großen Wut gepackt. Sie sagte zur zweiten Moserin, sie solle sich schämen, und dann drehte sie sich um und sprach nie wieder ein Wort mit ihr. Sie holte den Lehrer aus dem Wirtshaus. Ihr war eingefallen, dass sie Hanna einmal im Wald begegnet war, als das Mädchen in einem verfallenen Unterstand hockte. Sie hatte ihrem Mann gesagt, wo sie Hanna vermutete, und so stapften sie schweigend durch den nächtlichen Wald, er voraus, damit Fanny in seine Fußstapfen treten konnte. Der Schnee verstärkte das Mondlicht. Durch Fannys Tuch drang kalte Luft an die warme Haut des Halses. Die Nacht war erfüllt von ihrem Atmen und ihren Schritten. Das Tuch vor den Mündern wurde feucht von der warmen Atemluft und legte sich nass ans Kinn. Es war ein langer Weg, der stetig bergan führte. Hanna hockte in ihrem Versteck und zitterte nicht mehr. Fanny streckte ihr die Hand hin, um sie hochzuziehen, und das Mädchen nahm die Hand und sagte, Grüßgott, Frau Lehrer. Dann sah sie den Mann hinter Fanny stehen und sagte, Grüßgott, Herr Lehrer. Grüß dich, Hanna, sagte der Lehrer. Er nahm sie hoch und trug sie den Weg zurück, nun in seine eigenen Fußstapfen tretend. Im Schulhaus machte Fanny Wasser heiß und füllte es in eine Wanne, um Hanna zu baden. Sie richtete ihr im Wohnzimmer ein Bett, und nachdem sie sie zugedeckt hatte, ging sie hinaus, blieb in der Tür noch einmal stehen und sagte: Du bleibst jetzt erst einmal bei uns.

Ein Jahr lang wohnte Hanna im Schulhaus, bis sie in einer Internatsschule anfangen konnte. In dieser Zeit war Fanny abends nicht allein, wenn sie Toni schon schlafen gelegt hatte. Hanna leistete ihr im Wohnzimmer Gesellschaft, und damit sie auch etwas zu tun hatte, brachte Fanny dem Mädchen Nähen und Stopfen bei. So saßen sie zusammen und plauderten, während ihre Hände beschäftigt waren. Hanna konnte man die wildesten Räubergeschichten erzählen, sagte Fanny zu ihrer Enkeltochter. Oft habe sie zu Hanna gesagt, sie dürfe nicht alles glauben, was man ihr sage. Fanny schwieg. Und dann? fragte die Enkeltochter nach einer Weile. Fanny hob die Schultern und ließ sie wieder sinken. Nichts dann, sagte sie. Nachdem Fanny das Dorf verlassen hatte, wollte sie nicht mehr daran erinnert werden. Hanna aber hatte ihr unbeirrt Briefe geschrieben, jahrelang, und in jedem Brief hatte sie Fanny ihren Schutzengel und einen guten Menschen genannt und geschrieben, die Schulmeisterin verdiene, alles Glück zu haben.

Manchmal kam Liese abends von der alten Meierei, wo sie wohnte, ins Schulhaus, und wenn sie Fanny in der unteren Küche vorfand, weil der Lehrer noch nicht zuhause war und Toni schon schlief, dann forderte sie Fanny auf, mit der Arbeit aufzuhören und ein Gläschen mit ihr zu trinken. Fanny holte den Heidelbeerlikör, den sie selbst herstellte und Liese so gern mochte. Das schöne Geschirr stand in den Schränken der Lehrerwohnung im ersten Stock, aber zwei von den geschliffenen kleinen Likörgläsern hatte Fanny immer in der Schulküche, falls Liese vorbeikäme. Liese drehte das Glas mit der dunklen Flüssigkeit in der Hand. Sie seufzte und schaute zu Fanny hinüber. Liese konnte seufzen und verschmitzt aussehen zugleich. Erzähl, sagte Fanny. Sie hob ihr Glas und wartete. So wie Liese sich an Fannys Heidelbeerlikör freute, so stillvergnügt hörte Fanny Lieses Abenteuergeschichten zu. Liese hatte ein großes Bedürfnis nach der Ferne und kannte keine tiefere Zufriedenheit als die, in einem fahrenden Auto zu sitzen. Ob das schon immer so gewesen oder erst mit dem Tod ihres Mannes gekommen war, wusste Fanny nicht. Um ihre Sehnsucht zu stillen, gab Liese Annoncen auf, in denen sie Herren mit Wagen für gemeinsame Ausflüge suchte. Letzte Woche hatte sie mit einem dieser Herren einen Ausflug in die südliche Weingegend gemacht. Was soll ich dir sagen, seufzte Liese. Der Herr hatte sich so betrunken, dass Liese mit der Bahn zurückfahren musste. Und weil es so spät am Abend keine Busse mehr von der Kleinstadt in das Dorf gab, wanderte Liese zu Fuß an der Straße entlang, bis der Wagen des Pfarrers neben ihr stehen blieb. Der Pfarrer sei von einer Hochzeit gekommen und auch nicht mehr nüchtern gewesen, sagte Liese, aber er brachte sie nachhause. Vielleicht wäre der Pfarrer ein Kavalier für dich, sagte Fanny und wusste, was Liese antworten würde. Nein, Fannerl, sagte Liese, das Herz des Herrn Pfarrer gehört dir. Immer, wenn sie in der Schulküche saßen und von Fannys Heidelbeerlikör tranken, kam die Rede irgendwann auf den Pfarrer, der Fanny verehrte, seit er zum ersten Mal in das Dorf gekommen war. Immer machten sie sich lustig über sein unterwürfiges Verhalten Fanny gegenüber und den feigen Hochmut, mit dem er den Lehrer behandelte, dem er sich überlegen fühlte und den er zugleich fürchtete. Fanny schenkte die Likörgläser noch einmal voll und erzählte Liese von einer Bemerkung, die der Pfarrer kürzlich gemacht hatte, als er Fanny allein im Schulhaus angetroffen hatte. Was er gesagt hatte, war nicht anders zu verstehen als ein Angebot zur gemeinsamen Flucht von Pfarrer und Schulmeisterin. Liese stand auf, sie bewegte die Arme, als müsse sie das eben Gehörte verscheuchen, und schnappte empört nach Luft, ehe sie das Lachen nicht mehr zurückhalten konnte. Sie überlegten, wie es wäre, wenn Fanny dem Pfarrer ein Stelldichein zur Flucht vorschlüge, bei dem dann Liese auftauchen würde. So käme sie immerhin zu einer Reise, sagte Fanny. Sie lachte. Einer Pilgerreise sogar.

HANNA WAR UNBEIRRBAR GEWESEN, und etwas von ihrer Unbeirrbarkeit hatte sich auf Fanny übertragen. Als Hanna nicht mehr bei ihnen wohnte, musste Fanny feststellen, dass die Nächte wieder begannen, ihr unheimlich zu sein. In den Nächten verwandelten sich die Dinge. Auch deshalb ging Fanny erst spätabends schlafen, denn solange das Licht brannte und sie etwas zu tun hatte, war sie die Schulmeisterin und die Frau des Lehrers und Tonis Mutter, und die Dinge waren in ihrer Ordnung. Irgendwann aber musste sie zu Bett gehen. Auch während sie sich wusch und das Nachthemd anzog und das Licht löschte, war noch alles in Ordnung. Fanny mochte diese Szene sogar. Sie war müde von ihrer Tagesarbeit und legte sich schlafen. Sie spürte die Erschöpfung in ihrem Körper und glaubte, sie sei schon beinahe eingeschlafen, doch dann öffnete sie die Augen noch einmal und blickte in die Dunkelheit. Etwas stimmte nicht. Sie war allein. Der Mann hätte da sein und sich neben ihr ins Bett legen müssen. Fanny begann zu warten. Sie würde warten, bis er käme. Sie konnte nicht schlafen, bevor nicht alles in Ordnung war.

JE LÄNGER FANNY IN DER DUNKELHEIT WARTETE, desto fremdartiger wurden die Dinge. Sie lag in ihrem Ehebett, im Erdgeschoß unter ihr die Schulküche, nebenan das Kinderzimmer, in dem Toni schlief. Gegenüber in der alten Meierei war Liese. Fanny überlegte, was sie morgen kochen würde, und begriff, dass sie es nicht mehr wusste. Sie wusste nicht, was sie morgen kochen würde, und sie wusste überhaupt nicht mehr, wie man irgendetwas kochte. Sie glaubte nicht mehr, dass ihr Garten noch da war. Fanny schob den Polster zur Seite und rückte im Bett nach oben, sodass ihr Kopf das Holz berührte. Der Vater blieb nie so lang im Wirtshaus. Der Vater ging überhaupt nicht ins Wirtshaus. Fanny fuhr sich mit den Händen über die Augen. Sie dachte den Namen Toni und an den Bruder. Er war beim Tanzen, wahrscheinlich mit seiner Maria. Nein, Fanny drückte mit den Fingern gegen die Knochen über den Augen. Toni, der Bub, der Kleine, lag nebenan im Zimmer. Sie selbst war die Mutter, Tonis Mutter. Fanny stand auf. Sie fand sich nicht zurecht, die Tür war an der falschen Stelle, und Fanny stieß sich das Knie am Bett. Sie ging in die Küche, weil sie das Zimmer mit dem Kind nicht fand, und als sie schließlich an sein Bett trat, lag da Toni mit offenen Augen und schaute sie an. Fanny sagte seinen Namen. Sie setzte sich zu ihm und berührte ihn, die Hände und die warmen Wangen, den Hals mit der Falte unter dem Kinn, und erinnerte sich endlich. Schlaf, sagte sie, schlaf, und dann ging sie wieder und legte sich zurück in ihr Ehebett und versuchte darüber nachzudenken, was sie morgen kochen würde.

SIE HÖRTE SCHRITTE. Fanny war lange genug Schulmeisterin, um die Schritte des Lehrers von Weitem zu erkennen. Schon war sie aufgestanden. Sie stand zwischen Bett und Schlafzimmertür und horchte. Der Wind strich um das Schulhaus auf dem Hügel und winkte Fanny zu. Die Schulmeisterin war verschwunden. Ihr ganzes Leben war in der Nacht verschwunden. Sie wusste nicht, wer die Treppe heraufkam mit schweren Schritten. Im Gang vor der Wohnungstür stand die Angst in einem weißen Nachthemd, das zitterte. Fanny musste sich mit der Hand ins Gesicht fahren, weil ihr rechter Mundwinkel von allein zuckte. Sie erschrak vor dem Zucken in ihrem Mundwinkel und machte noch einen Schritt nach vorn, als die Tür geöffnet wurde und der Lehrer eintrat. In seinem Gewand führte er beißend Rauch und Alkohol mit sich. Er hängte den Mantel auf und wandte sich der Frau zu. Beide verharrten. Wo bist du gewesen, fragte Fanny, obwohl sie es wusste. Fanny hängte seinen Mantel gerade hin und folgte ihm ins Schlafzimmer. Er setzte sich auf den Bettrand, aus seiner Kehle löste sich ein erschöpftes Knurren. Fanny blieb neben ihm stehen. Er warf den Filzjanker auf einen Stuhl, und Fanny huschte hinüber, um ihn über die Lehne zu breiten. Er habe getrunken, zischte Fanny, und der Mann brummte. Sie bewegte sich rasch zum Fenster und zog den Vorhang auf und wieder zu. Ob er gespielt habe, fragte ihre helle Stimme. Sie solle stehen bleiben, sagte der Mann, der stur vor sich hinschaute und seine Schuhe ausziehen wollte. Schon war sie bei ihm und fragte, ob er die Schuhbänder nicht mehr aufbekomme. Sie half ihm aus den Schuhen und sagte, dass er sturzbetrunken sei. Er wollte sie verscheuchen, da sprang sie auf. Er wollte, dass sie aufhörte, von allen Seiten zischend auf ihn einzureden, er erhob sich, das Bett knarrte, das Nachthemd leuchtete weiß. Das Gewitter brach los, der Mann war der Donnergott und die Frau ein Kugelblitz, der wie rasend durch die Ecken schoss, der Mann grollte und bestand auf seinen Rechten. Das weiße Nachthemd blieb in einer sicheren Entfernung stehen, der Spitzensaum bebend, und weil der Mann, vom Wirtshaussitzen müde war, ließ er sich schließlich wieder auf der Bettkante nieder und verbat sich jedes Zischen. Das Grollen verebbte, die Frau sah dem Mann zu, wie er sich hinlegte und zudeckte, und dann schlüpfte auch sie leise ins Bett und verwandelte sich langsam zurück. So war die Ordnung. Der Mann lag neben ihr. Er habe bestimmt das Kind aufgeweckt mit seinem Brüllen, flüsterte Fanny. Der Mann begann zu schnarchen. Fanny streckte ihre kalten Füße unter seine Decke.

AM NÄCHSTEN TAG NAHM FANNY das Kind mit in den Wald, um Heidelbeeren zu pflücken. Toni ging in einigem Abstand von ihr. Er war ein Bub, kein Kind mehr, mit seinen zehn Jahren. Als er kleiner gewesen war, war er seiner Mutter oft wie ein Kätzchen gefolgt, und wenn sie stehen blieb, war sein Kopf unter ihrer Hand aufgetaucht, hatte sie eine Bewegung an ihrem Bein gespürt. Er war so lautlos gewesen, konnte es noch immer sein. Seine stille Art hätte dem Vater gefallen, dachte Fanny. Aber es war eine andere Schweigsamkeit als die des Vaters. Sie kostete Toni keine Beherrschung. Manchmal, wenn er die Augen niederschlug, musste Fanny an den Bruder denken. So hatte er ausgesehen, wenn er unter der Musterung des Vaters den Blick gesenkt gehalten hatte. Toni war nähergekommen, jetzt boxte er Fanny gegen die Hüfte und lief voraus, verschwand zwischen den Bäumen. Als Fanny schon angefangen hatte zu pflücken, gesellte er sich wieder zu ihr, und irgendwann begann er zu reden, wie zu sich selbst, ohne Fanny anzusehen, aber sie wusste, sie musste genau zuhören. Toni redete nur, wenn er ihre ganze Aufmerksamkeit hatte. Er erzählte, dass sie im Wald ein Indianerlager eingerichtet hatten. Er wollte von Fanny die Bestätigung, dass niemand wirklich sterben konnte, wenn die Kinder aufeinander schossen. Darüber hatten sie schon mehrmals gesprochen. Es war, als könne Toni der Unterscheidung von Wirklichkeit und Spiel nicht trauen. Aber wenn ich auf jemanden schieße, und der fällt um, dann könnte er tot sein, sagte Toni. Wenn er eines Tages doch tot ist? Fanny fragte, ob die Kinder, wenn sie wieder aufstünden, eine Verletzung hätten. Toni verneinte. Siehst du, sagte Fanny, man stirbt nicht einfach, ohne dass man verletzt ist. Toni schwieg. Er zupfte Heidelbeeren von den Sträuchern und ließ sie in den kleinen Kübel fallen, der neben ihm auf der Erde stand. Nach einiger Zeit sagte er, der Vater sei aber nicht gestorben, als er sich die Hand verletzt habe. Fanny wusste im ersten Moment nicht, wovon er sprach, dann begriff sie. Der Lehrer war vor einiger Zeit im Unterricht wütend geworden, weil sein Sohn eine Frage nicht richtig zu beantworten vermochte. Fanny wusste, dass Toni es nicht ertrug, wenn sein Vater laut wurde. Immer wieder hatte er es versucht und falsche Antworten gegeben, bis der Lehrer, der vor dem Schreibpult seines Sohnes stand, die Hand zur Faust ballte und damit so fest auf das Pult schlug, dass das Holz splitternd auseinanderbrach. Toni war in der Pause in die Wohnung hinaufgegangen. Er hatte sich allein ins Bett gelegt und war drei Tage krank gewesen. Fanny hatte dem Lehrer einen Verband um die rechte Hand machen müssen, weil er solche Schmerzen hatte.

MAN STIRBT NICHT AN JEDER VERLETZUNG, sagte Fanny zu ihrem Sohn, der noch immer Heidelbeeren abstreifte und in den Kübel fallen ließ. Vielleicht wäre es für Toni besser gewesen, wenn er nicht den eigenen Vater zum Lehrer gehabt hätte. Der Schulmeister war berühmt für seinen Jähzorn. Wenn er so zornig wurde, war der Lehrer außerstande, mit dem Brüllen aufzuhören, das endlich einen Weg nach draußen gefunden hatte. Der Lehrer war hilflos, als habe etwas Fremdes Macht über ihn bekommen. Fanny hörte das Brüllen im Klassenzimmer und kam aus dem Garten oder der Schulküche, um den Lehrer zur Besinnung zu bringen. Sie öffnete die Tür und sah einen Raum voller Kinder, die weglaufen wollten und sich nicht trauten. Alle starrten sie auf den Lehrer, als könnte ihr gesammelter Blick ihn irgendwie unter Kontrolle halten. Und alle wandten die Köpfe zur Tür, in der Fanny als rettende Erscheinung auftauchte. Sie ging hinein, ging auf den Lehrer zu und sagte dabei zu den Kindern, was sie schon wieder getan hätten, um den Lehrer so böse zu machen. Es genügte dann, dass sie den Mann am Arm berührte, damit er zurückkehrte, und in das Erstaunen in seinem Blick mengte sich nach und nach die Scham darüber, sich vergessen zu haben. Als der Mann das Pult entzweigeschlagen hatte, war Fanny nicht in der Nähe gewesen. Sie hatte Toni im Bett gefunden, als sie von einem Besuch auf einem der umliegenden Höfe zurückgekommen war, und dann war der Mann mit seiner schmerzenden Hand zu ihr gekommen. Die Großmutter war nicht verletzt, sagte Toni. Fanny schaute zu ihm hinüber. Er ließ keine einzige Heidelbeere am Strauch. Sorgfältig füllte er seinen Kübel und sah Fanny nicht an. Sie hatte nicht gewusst, dass er sich an die Mutter erinnern konnte. Er war noch so klein gewesen. Doch, sagte sie, die Großmutter war innen verletzt, das konnte man von außen nicht sehen. Dann könnten die Kinder auch innen verletzt sein und sterben. Nein, wenn man auf jemanden schießt, ist er äußerlich verletzt, sagte Fanny. Sie richtete sich auf. Ihr schießt ja nicht richtig, sagte sie zu Toni, ihr tut euch höchstens weh, und daran wird keiner sterben.

Toni zupfte weiter Heidelbeeren. Wie kommst du bloß auf solche Ideen, sagte Fanny. Sie fragte Toni, ob er noch mit ihr in den Pranwald hinübergehe, da kenne sie eine Stelle mit viel Heidelbeerkraut. Toni reagierte nicht, aber als sie schon ein Stück gegangen war, spürte sie ihn neben sich, er war ihr lautlos nachgekommen. Sie legte ihm eine Hand in den Nacken.

FANNYS KÖRPER ERINNERTE SICH an das Gehen durch den Wald, sie spürte, wie sie sich rasch aufgerichtet hatte und losmarschiert war. Sie wusste noch, wie es war, ohne Unterbrechung tätig zu sein. Oft war sie erschöpft gewesen, aber die eigenartige Befriedigung, mit einem Seufzen erneut eine Arbeit aufzunehmen, war als Nachhall noch immer in ihrem Körper. Auch wenn sie müde gewesen war, hatte sie immer noch mehr tun können. Sie wusste, dass man im Dorf sagte, die Schulmeisterin sei sehr fleißig, und sie wollte es so. Wenn sie im Garten arbeitete, kam immer jemand an den Zaun und forderte sie auf, einmal kurz das Tätigsein zu unterbrechen. Dann lachte Fanny, weil sie ihre Gartenarbeit ständig unterbrach, um sich zu unterhalten. Der Gartenzaun hinter dem Schulhaus war für die Frauen des Dorfes ein wichtiger Ort. Der Zaun hatte eine ähnliche Wirkung wie ein Beichtstuhl. Die Menschen, vor allem die Frauen, sprachen anders, wenn der Zaun dazwischen war, und Fanny dachte, es sei gar nicht entscheidend, dass sie dahinter stand. Im Beichtstuhl allerdings war vorgegeben, was man erzählen sollte, während die Frauen am Zaun des Schulgartens über die Dinge redeten, die sonst nirgends zur Sprache kamen, weil im alltäglichen Leben kein Platz dafür war. Es waren Dinge, an denen nichts zu ändern war, für die es keine Lösung gab oder über die man sich nicht beschweren durfte, eine böse Schwiegermutter, Schlafstörungen, das Alter oder Schmerzen. Fanny wusste, welche Männer am schlimmsten tranken, welche ihre Frauen hauten und welche die Kinder. Man sagte im Dorf: einer haut. Es war dasselbe Wort, das die Kinder für ihre Kämpfe verwendeten. Fanny mochte es nicht, wenn die Frauen darüber sprachen, aber meistens verloren sie nicht viele Worte, um loszuwerden, was sie belastete. Wenige Sätze, manchmal nur ein Nebensatz, dann ein Seufzen, dann sprachen sie wieder über Dinge, über die man laut sprach.

HIN UND WIEDER KAM ANNA PRAN zu Fanny an den Zaun. Seit ihr ältester Sohn den Hof übernommen hatte, konnte Anna einfach weggehen, wenn ihr danach war. Sie ging dann zum Beispiel zum Schulhaus hinüber, wie an diesem Frühsommertag, als der Himmel weit war und das Dorf umspannte, sodass man sich nicht vorstellen konnte, es gebe auf der Welt noch etwas anderes. Fanny kniete im Garten und grub ein Beet um. Am Waldrand lagerten frisch gefällte Baumstämme. Als sie Anna Pran kommen sah, stand Fanny auf und ging zum Zaun. So ein schöner Tag, sagte sie. Anna nickte. Sie nahm ihre Hände aus der Schürzentasche und rieb sie aneinander. Nachdem sie Fannys Salatpflanzen gelobt hatte, sagte sie: So ein Tag war damals auch. Fanny hatte schon, als Anna zum Zaun kam, gesehen, dass sie ihren toten Mann mitgebracht hatte. Ich erinnere mich gut, sagte Fanny. Sie wusste, dass Michael Pran immer noch als großes Gewicht an seiner Frau hing. Im Winter ist es immer leichter, sagte Anna, aber wenn dann diese Tage kommen. Fanny nickte. Sie bat Anna, eine Ribisel zu kosten und ihr zu sagen, wie lange die Beeren noch brauchten, bis sie reif seien. Zwei Wochen Sonne brauchen sie, sagte Anna. Sie sprachen noch eine Weile über das Wetter und die Stachelbeersträucher, die Kinder und dies und jenes. Dann verabschiedete Anna sich und sagte beim Weggehen: Danke, Fannerl, und Fanny blieb stehen und schaute ihr nach und dachte, Anna würde den toten Michael mitnehmen bis zu ihrem eigenen Ende. Fanny sah, wie Anna die Hände aneinander rieb, als sei ihr kalt an diesem Frühsommertag.

AM ABEND DIESES TAGES WAR DER LEHRER mit dem Auto in einen Nachbarort gefahren. Fanny wartete, um ihm zu sagen, dass er zu viel getrunken habe, und zu fragen, warum er so lange geblieben und was geredet worden sei. Sie lag in der Dunkelheit wach und schlief irgendwann doch ein. Als sie am Morgen aufwachte, lag der Mann nicht neben ihr. Fanny stand auf, wusch sich und zog einen dunkelblauen Rock und eine violette Bluse an. Sie ging in die Küche hinunter und kochte Kaffee. Als Fanny aufgestanden war, hatte schon längst jemand den Wagen auf der Böschung neben der Straße entdeckt. Als sie den Zucker im Kaffee verrührte, fuhr ein Auto auf den Platz vor dem Schulhaus und hielt dort. Unter den Männern, die in dem leeren Klassenzimmer vor Fanny standen, war auch der Pfarrer, der ihre Hand nahm und nicht mehr losließ. Der Lehrer war gegen einen Baum gefahren. Er hatte sich das Genick gebrochen. Er ist unerwartet aus dem Leben gerissen worden, sagte der Pfarrer. Fanny entzog ihm ihre Hand. Sie brauchte jetzt ihre beiden Hände. Sie war noch nie so beschäftigt gewesen wie in diesen Wochen. Dabei hatte sie ständig das unbestimmte Gefühl, eigentlich etwas anderes tun zu sollen. Immer wieder fragte sie sich plötzlich, wo das Kind war. Wenn Toni dann auftauchte und sie ihn fragte, wo er gewesen sei, sagte er: Im Wald. Fanny musste zum Gemeindeamt und zum Pfarrer, sie musste sich um unzählige Papiere kümmern. Das Begräbnis musste organisiert werden, sie hatte Formulare und Ansuchen auszufüllen, weil sie Witwe und Toni Halbwaise geworden war. Obwohl Fanny diese Worte noch nie gehört hatte und bei jeder Erwähnung wieder nicht wusste, was sie bedeuteten, obwohl kein Unterricht stattfand und keine Kinder in die Schule kamen, trotzdem war dies noch das Leben, wie Fanny es kannte. Nur der Mann fehlte. Immer wieder dachte sie an Toni und wollte losgehen, um ihn zu suchen, doch dann war dringend etwas zu erledigen oder jemand kam und wollte ihr helfen. Ständig kam jemand zum Schulhaus und wollte der Schulmeisterin beistehen, und alle hielten sie von dem ab, was sie zu tun hatte. Wenn sie endlich wieder jemanden verabschiedet hatte, dachte sie an Toni. Sie stellte sich vor, dass sie zu ihm gehen und sie dann nebeneinander am Waldrand sitzen würden, an einen Holzstoß gelehnt, der dort warm und still in der Sonne stand.

DIE RITEN NACH DEM TODESFALL standen wie Pfähle, um das, was übrig blieb, eine Zeitlang zu halten. Das Dorf sah Fanny dabei zu, wie sie den Tod des Lehrers offiziell machte. Sie wusste, sie konnte nichts gegen die Betroffenheit und nichts gegen die Neugierde tun. Sie konnte nichts dagegen tun, dass ihr Gesicht, das nun das Gesicht der Witwe war, gemustert wurde, als suchten alle etwas darin, als könnte man den Tod im Gesicht der Hinterbliebenen verstehen, wenn man sie gründlich studierte. Fanny konnte sich nicht weigern, den Menschen die Hand zu geben und sie ihr Beileid aussprechen zu lassen. Sie konnte nur ihrerseits niemanden sehen und ihre Hand ertauben lassen. Blind und taub saß sie also neben ihrem toten Mann im Klassenzimmer, weil man den Sarg zur Aufbahrung nicht über die Stufen in die Wohnung hatte bringen können. Fanny empfand, sie hocke zusammengekrümmt auf einem Sessel, in Wirklichkeit hielt sie sich sehr aufrecht. Es kamen alle aus dem Dorf und auch aus den Nachbarorten, um sich vom Lehrer zu verabschieden, und Fanny war die Verbindung, die sie dazu brauchten. Sie überließ ihnen also die gefühllos gewordene Hand und das Gesicht, aus dem sie sich zurückgezogen hatte, und machte die immergleiche Kopfbewegung, ein einfaches Nicken, das Kinn zur Brust, die Augen niedergeschlagen. Sie sah niemanden an. Immergleich bedankte sie sich für das Beileid und alle freundlichen Worte, die man über den Lehrer sagte, ohne eines vom anderen zu unterscheiden. Sie spürte, an welcher Stelle sie nicken und wann sie den Dank aussprechen musste, und erduldete die Prozession der Trauergäste. Sie befand sich auf einer Bühne aus nackten Holzbrettern und ohne Kulisse, ein einziger Stuhl, darauf musste Fanny sitzen und ihr Gesicht darbieten, und wenn alle mit dem Murmeln und Mustern und Schauen fertig sein würden, wäre von ihrem Gesicht wohl nichts mehr übrig. Fanny spürte etwas und stellte fest, es war die andere Hand, die nicht ertaubt war, sondern vergessen neben ihrem Körper auf dem Stuhl gelegen hatte. Eine fremde Hand, eine kleine, versuchte, unter Fannys vergessene Hand zu gelangen, sie schob sich zwischen Holz und Handfläche hinein. Als Fanny an ihrem Arm entlangschaute, sah sie Toni, der in seinem neuen schwarzen Anzug dastand.

FANNY UND IHR SOHN BLIEBEN IM SCHULHAUS, und eine Hilfslehrerin übernahm den Unterricht bis zu den Sommerferien. Irgendwann würde ein neuer Lehrer kommen. Fanny wusste, sie würden aus der Schule ausziehen müssen. Manchmal kam Liese zu Fanny in die Schulküche. Sie tat so, als würde sie bei irgendetwas helfen, und dann setzte sie sich, und Fanny bot ihr einen Kaffee an. Irgendwann verabschiedete Liese sich wieder. Auch der Pfarrer kam regelmäßig in die Schule, nahm Fannys Hand und drückte sie, und Fanny streifte seine Hände von ihrer und sagte, sie habe gerade dieses und jenes tun wollen. Einmal kam Anna Pran an den Zaun, als Fanny im Garten Salatköpfe abschnitt. Es war warm, die Pfingstrosen blühten. Fanny ging zum Zaun hinüber und begrüßte Anna. Anna weinte und bat Fanny um Verzeihung. Fanny wusste nicht, was Anna wollte. Sie sah, dass Anna eine Hand über den Zaun streckte. Sie ergriff Annas Hand und sagte: Schon gut. Anna ging davon, und Fanny blickte ihr nach. Sie begriff, dass ihr Leben hier vorüber war. Niemand war erstaunt, als Fanny beschloss, das Dorf zu verlassen.

Fanny hatte sich noch nicht daran gewöhnt, nicht mehr die Schulmeisterin zu sein, sondern eine Witwenpension zu bekommen, als sie mit dem Kind in die Hauptstadt zog. Toni war ein Bub von zwölf Jahren. Fanny fand, er sehe seinem Vater ähnlich. Er hatte sich angewöhnt, mein verstorbener Vater zu sagen, wenn er von ihm sprach. Fanny wollte ihn jedesmal zurechtweisen, als habe er etwas Unanständiges gesagt. Sie sagte: Aber Toni, und verstummte dann, weil er schließlich recht hatte. Er schaute sie an und wartete, ob sie noch etwas sagen würde. Fanny wandte sich einer Beschäftigung zu. Sie hatte aber nichts mehr zu tun. Es gab keine Schulkinder mehr und keine Schulküche. Sie hatte keinen Garten zu versorgen und niemanden, der sie um Rat fragte. Sie wohnten in einer kleinen Wohnung zur Miete. Toni ging in die Schule, und zum ersten Mal war der Lehrer nicht sein Vater. Niemand kannte hier die Schulmeisterin, und niemand wusste, dass Toni der Lehrerssohn war. Niemand wusste, dass der Lehrer verunglückt war. Fanny und Toni waren mit ihrem Unglück allein. Fanny kochte in der kleinen Küche für sie beide. Sie nähte und strickte, damit ihre Hände etwas zu tun hatten. Wenn das Kind in der Schule war, ging sie durch die Stadt und machte Erledigungen. Einmal in der Woche war sie beim Friseur und ließ sich die Haare waschen und legen. Die Friseurin fragte, wie es Fanny gehe, und Fanny sagte, gut, danke. Dann trat sie mit frisch gewaschenen Haaren wieder auf die Straße hinaus. Sie gewöhnte sich an, ein Tuch zu tragen, was sie im Dorf nie getan hatte, um die Haare vor dem Dreck zu schützen. Zwischen den hohen Häusern in den asphaltierten Straßen schien selbst die Luft grau zu sein. Die ganze Stadt war voller Zäune. Es waren aber keine Holzzäune, die Salatköpfe vor Rehen schützen sollten, sondern Zäune aus Draht, an denen niemand stehen blieb. Die Menschen trugen Schwarz und hatten kein Gesicht. Fanny sah nur Mantelrücken und Hinterköpfe. Sie machte ihre Gänge durch die Stadt, die nun ihr Zuhause sein sollte. An irgendeiner Kreuzung spürte sie, dass sie gleich ersticken würde. Sie versuchte tief einzuatmen und schnappte stattdessen nach Luft. Sie atmete aus und versuchte wieder einzuatmen. Sie versuchte das Einatmen mit einem tiefen Ausatmen einzuleiten, bekam trotzdem keine Luft und spürte den Schwindel in ihrem Kopf nach oben drehen. Fanny stand an irgendeiner Kreuzung auf der Straße und konnte nicht weitergehen, weil ihre Oberschenkel zu sehr zitterten. Sie hielt sich aufrecht und schnappte nach Luft. Sie wollte die staubige Luft nicht einatmen und musste es doch tun, jeden Tag, ununterbrochen musste sie die Luft einatmen, vor der ihr graute. Sie spürte, dass ihre Lunge bereits Schaden genommen hatte. Irgendwann gelang es ihr, einen stoßweisen Atemrhythmus zu finden. Sie hatte begonnen, nicht nur ein Tuch auf dem Kopf zu tragen, sondern in ihrer Handtasche ein zweites, dünnes Seidentuch mit sich zu führen, das sie vor den Mund halten konnte. Es gelang ihr, im stoßweisen Rhythmus des Atmens einzelne Schritte zu machen. Sie gelangte nachhause. Sie zog sich um und stellte sich an das Waschbecken. Jeden Tag wusch sie Kleidungsstücke aus. Überall war der Staub. Fanny wollte die Fenster in der Wohnung nicht öffnen, weil der Staub mit der Luft hereinkam. Das Kind war schwarz, wenn es von draußen kam.

Sie war froh, dass es Toni gab. Er erzählte ihr von der Schule und den Klassenkameraden. Wenn er seine Hefte aufschlug, um Hausaufgaben zu machen, setzte Fanny sich dazu, um ihm zu helfen, aber vor allem, weil sich mit den Heften diese Wirklichkeit öffnete, in der jeden Tag Kinder zusammentrafen und sich ständig alles veränderte. Fanny war enttäuscht, wenn Toni einmal nichts zu erzählen hatte. Gewisse Dinge, schien es, wollte er ihr nicht erzählen. Sie hätte gern gewusst, was das war. Manchmal saß Fanny schwer und reglos am Tisch. Sie vernahm Tonis Stimme und wusste nicht, wie lange er schon sprach. Sie hörte ihn erzählen, vom Waldrand und dem in mannshohen Stößen geschlichteten Holz, von den Kindern im Dorf, die sie alle kannte. Dann war es still. Toni rutschte auf der Bank an Fannys Seite. Fanny legte einen Arm um das Kind, dessen Kopf schon auf der Höhe ihrer Schulter war, und so blieben sie eine Weile sitzen. Fanny hustete. Sie wusste, dass ihr Husten von der grauen Luft herrührte, auch wenn der Arzt das nicht bestätigen wollte. Manchmal waren die Hustenanfälle so schlimm, dass Fanny am Schluss zitterte und weinte. Am schlimmsten war es, wenn Toni nicht da war, um heißes Salbeiwasser für sie zu kochen. Manchmal kam er nach der Schule nicht gleich nachhause. Fanny wusste dann nicht, wo er war, es wäre völlig aussichtslos gewesen, in dieser riesigen grauen Stadt nach ihm zu suchen. Fanny wusste auch gar nicht, was die Kinder in dieser Stadt taten, wenn sie sich herumtrieben. Saßen sie etwa auf den Straßen, krochen sie hinter irgendwelche Drahtzäune, die Fanny nicht kannte und hinter denen sich Gärten verbargen? Wenn Toni nicht rechtzeitig nachhause kam, musste Fanny sich hinlegen, weil sie keine Luft bekam. Nach einem Hustenanfall war ihr eine Zeitlang warm, doch schon bald kam wieder die Kälte, und sie lag auf der Couch und wusste nicht, ob sie zuerst ersticken oder erfrieren würde. Mit jedem Einatmen, das nicht gelang und zu einem Luftschnappen wurde, verschwand ein wenig Wärme aus Fannys Körper. Sie konnte spüren, wie sie starr und kalt wurde.

Zu Weihnachten schenkte Fanny dem Sohn einige Pullover und Westen, die sie gestrickt hatte, ohne eine Anprobe zu machen. Sie waren viel zu klein. Toni lachte darüber. Er hielt einen Pullover vor seinen Körper, der gerade einmal den Brustkorb bedeckte. Die Ärmel reichten bis knapp unter die Ellbogen. Fanny nahm ihrem Sohn den Pullover aus der Hand, packte auch die anderen Pullover und die Westen auf einen Stapel und verräumte sie tief in ihrem Kleiderschrank. Sie hatte monatelang Kleidungsstücke für einen kleinen Buben gestrickt, der sie jetzt auslachte. Sie war verrückt. Eine solche Gedankenverlorenheit war nicht normal. Sie hatte die Pullover und Westen irgendwann auftrennen und die Wolle wiederverwenden wollen, aber als sie aus der Wohnung auszogen, warf Fanny alles in den Müll. Obwohl Toni die Sachen nie getragen hatte, schien es ihr, als habe sich schwarzer Staub darin festgesetzt.

Fanny hatte beschlossen, dass sie und Toni in die Kleinstadt ziehen würden, in der Fanny vor vielen Jahren die Hauswirtschaftsschule besucht hatte. Damit näherten sie sich geographisch wieder dem Dorf, und es begann eine Kraft zu wirken, die sie in der grauen Hauptstadt im Stich gelassen hatte. Ein Parteifreund des Lehrers half Fanny bei der Suche nach einem Grundstück. Plötzlich gab es wieder Menschen, die den Lehrer gekannt hatten, und dann kamen, wie hilfreiche Wesen aus einer anderen Welt, die Männer aus dem Dorf, um Fanny beim Hausbau zu unterstützen. Sie nannten Fanny noch immer Schulmeisterin und erzählten Neuigkeiten aus dem Dorf, wer geheiratet hatte und wer gestorben war, und von dem neuen Lehrer, der nichts taugte. Fanny nickte freundlich, aber es fielen ihr zu den Namen keine Gesichter ein. Auch die Männer, die aus der Vergangenheit kamen und dabei jedesmal eine unbekannte Grenze passierten, waren Fanny nur vage bekannt. Sie vermied es, sie beim Namen zu nennen. Fanny nahm hin, dass es einen Ort gab, an dem die Geister fortexistierten und der dem Dorf ähnelte, in dem sie einmal Schulmeisterin gewesen war, aber sie wünschte nicht, den Weg in die Vergangenheit zu kennen, den die Männer jedesmal nahmen. Sie bewirtete die Männer in den Arbeitspausen mit Bier, Brot und Speck und hörte ihren Geschichten zu, ohne etwas zu verstehen.

Das Grundstück, das Fanny gekauft hatte, lag auf einem Hügel, von dem aus man auf die Altstadt hinuntersah, die wie eine Festung auf einer kleineren Erhebung thronte. Fannys neues Haus war ebenerdig mit drei Zimmern. An das Wohnzimmer schloss sich ein Raum an, der rundum verglast war und den Fanny das Sommerzimmer nannte, davor war eine steinerne Terrasse. Der Garten erstreckte sich rund um das Haus. Im größeren, hinteren Teil wurde ein Brunnen mit einem Holzdach angelegt, und hier pflanzte Fanny auch die Obstbäume. An der Schmalseite installierte man die Wäscheleine, hier siedelte sich der Klatschmohn an. An der Grundstücksgrenze entlang, die mitten über eine Wiese verlief, setzte Fanny Sträucher, Stachelbeeren, rote und schwarze Ribiseln, daneben legte sie das Gemüsebeet an. Als alles fertiggestellt war, verschwanden die Männer aus dem Dorf endgültig wieder über die unbekannte Grenze. Fanny stellte sich den Grenzübergang vor, eine Stelle irgendwo auf der Strecke zwischen der Kleinstadt und dem Dorf, vielleicht in einem Waldstück, in dem es nie ganz hell wurde und sich oft der Nebel verfing. Sie stellte sich vor, wie die Männer davonzogen, ihre Arbeitsgeräte über der Schulter, an den Füßen die schweren Schuhe, und ihre Erscheinung immer geisterhafter würde, je näher sie zu dieser Stelle kamen, bis sie aussahen wie Gesellen von vor vielen Jahrhunderten, die ruhelos über die Hügel dieser Gegend wanderten, und wie sie dann in dieses dunkle Waldstück gingen und nicht mehr sichtbar waren.

FANNY STAND IM WOHNZIMMER an einem Fenster. Die Obstbäume waren vierzig Jahre alt. Sie waren lange nicht mehr beschnitten worden. Früher hatte das ein Nachbar gemacht, dem Fanny dafür einige Kübel voller Zwetschken und Äpfel mitgegeben hatte, aber vor einigen Jahren hatte er einmal erwähnt, dass er von irgendjemandem für das Baumschneiden bezahlt werde. Wenn sie ihn danach auf der Straße getroffen und er gefragt hatte, ob er wieder einmal zu den Obstbäumen kommen solle, hatte Fanny ausweichend geantwortet. Er sollte nicht glauben und herumerzählen, dass Fanny geizig sei. Weil sie so lange nicht gepflegt worden waren, trugen die Bäume weniger Früchte. An kräftigen Tagen ging Fanny hinaus und sammelte die Zwetschken ein, die in der Wiese unter dem Baum lagen, aber die meisten waren nicht mehr zu gebrauchen, angefressen und verfault. Von dem großen Gemüsebeet erkannte man die Umrisse. Es war von Gras und Unkraut überwachsen, aber das Unkraut war ein anderes und das Gras heller als in der Wiese rundherum. Fanny war glücklich gewesen, endlich wieder etwas zu tun zu haben. Toni hatte das kleine Zimmer neben ihrem Schlafzimmer bekommen. Er besuchte das Gymnasium in der Stadt und würde wohl Lehrer werden wie sein Vater. Einmal war Fanny hier am Fenster gestanden, die Obstbäume hatten noch keine Früchte getragen und die Beerensträucher waren nicht einmal hüfthoch gewesen. Fanny hatte in den Garten hinausgeblickt und dann zur Terrasse hinüber. Auf der Terrasse war Toni gesessen und hatte ausgesehen wie sein verstorbener Vater. Mit überschlagenen Beinen war er in einem Korbstuhl gesessen und hatte in einem Buch gelesen, es mochte eines von denen sein, die dem Lehrer gehört hatten, grün, braun oder dunkelrot mit schmalen, goldenen Buchstaben auf dem Einband. Auf Tonis Stirn bemerkte Fanny in diesem Augenblick zum ersten Mal den Ansatz zu denselben Geheimratsecken, wie der Lehrer sie gehabt hatte. Toni wippte mit einer Fußspitze in der Luft und blätterte um, und Fanny betrachtete durch das Fenster den Buben, der aussah wie ihr Mann.

SIE ERINNERTE SICH an die Abende, die der Lehrer lesend im Wohnzimmer verbracht hatte, und war sich zuerst nicht sicher, ob es sich um eine wirkliche Erinnerung handelte. Jahrelang waren diese Momente aus ihrem Gedächtnis verschwunden gewesen. In dem gepolsterten und mit grünem Stoff bezogenen Sessel war er unter der Leselampe gesessen, die Beine überschlagen, das Buch auf dem Oberschenkel, ein paar Meter von Fanny entfernt und sich doch ihrer Anwesenheit nicht bewusst. Er las mit gesenktem Kopf, die Stirn im hellen Licht der Lampe, die Augen wie geschlossen, weil sein Blick nach unten in das Buch gerichtet war. Regelmäßig hatte Fanny sich geräuspert, ihr Nähzeug auf den Tisch gelegt, etwas aus der Küche geholt oder wohin getragen, damit er kurz aufblickte. Sie tat es nur für diesen sehr kleinen Moment, da sein Blick, fremd und abwesend, wenn er ihn hob, auf ihr ruhen blieb und der Mann sie erkannte. Mit einem Lächeln senkte er den Blick dann wieder, um weiterzulesen. Nachdem er zum Ortsvorsitzenden gewählt worden war, gab es jeden Abend eine Parteisitzung, und wenn keine Parteisitzung war, saß der Lehrer bei den anderen Männern im Wirtshaus. Auch an dem Unglücksabend war er von einer Sitzung nachhause gefahren. Die Sitzung hatte in einem Gasthaus in der Nachbargemeinde stattgefunden. Fanny wusste, wie die Männer im Wirtshaus waren, wie sie lachten und einem, der gehen wollte, noch einen Schnaps und einen allerletzten ausgaben. Wenn der Lehrer am Abend bei einer Sitzung oder im Dorfgasthaus war, hatte Fanny manchmal nicht genäht oder gestopft oder in der Küche vorbereitet. Sie hatte aus dem Regal eines von den Büchern des Lehrers genommen und sich in den grünen Ohrensessel gesetzt, unter die Leselampe, und es war vollkommen still gewesen, während sie bis spät in die Nacht las, weil sie nicht zu Bett gehen wollte.

Nun sass dort auf der Terrasse in der Sonne ihr Kind, und aus dieser Entfernung erkannte Fanny zum ersten Mal die Ähnlichkeit, die es mit seinem Vater hatte. Der Sohn bemerkte nicht, dass sie hier stand, hinter dem Fenster, und zu ihm hinüberschaute. Er hob nicht den Kopf, um ihrem Blick zu begegnen, mit gutmütigem Spott, weil er die ganze Zeit gewusst hatte, dass sie ihn betrachtete. Ihm war früher nie entgangen, wenn Fanny ihn musterte. Nun nahm er sie nicht mehr wahr. Etwa zur selben Zeit, als er Gymnasiast geworden war, hatte Toni begonnen, sich über Fanny lustig zu machen. Er wusste sie nachzuahmen, wenn ihr etwas nicht passte, wenn sie beleidigt war, wie er sagte. Dazu richtete er sich auf, den Rücken sehr gerade, nahm das Kinn zurück und presste die Lippen zusammen, und aus der Kopfhaltung und den nach unten gezogenen Mundwinkeln wurden Hochmut und Verachtung. Fanny mochte es nicht, sich so gespiegelt zu sehen. Sie fühlte sich ausgeliefert. Sie hatte Toni befohlen, damit aufzuhören. Fanny horchte, ob aus dem Keller Geräusche zu hören waren.

Fanny hatte eine gewisse Zeit vergehen lassen, ehe sie Toni und den Oberförster einander vorstellte. In der Annonce hatte gestanden: kinderlos. Die Annonce war von der Schwester des Oberförsters aufgegeben worden. Als Fanny ihn schon besser kannte, war ihr auch klar, dass der Oberförster niemals selbst eine Anzeige aufgegeben hätte. Aber Fanny hatte ja auch nicht nach einem Mann gesucht. Sie las die Annoncen, weil es zur Zeitungslektüre gehörte und sie amüsierte. Als sie die Anzeige des Oberförsters gelesen hatte, hatte etwas in ihr geantwortet. Eine unbestimmte Erinnerung war wachgeworden, eine Sehnsucht. Sie hatte eine bohrende Erschöpfung gespürt von all den allein getroffenen Entscheidungen der letzten Jahre. Auch wenn sie zu Toni immer sagte, er sei der Mann im Haus, so war und blieb er doch ihr Kind, das sich außerdem mit jedem Jahr mehr von ihr entfernte. Vor einiger Zeit hatte er gefragt, ob er im Keller eine Werkstatt einrichten dürfe, und als Fanny einmal hinuntergegangen war, hatte sie gesehen, dass er allerlei Werkzeug angesammelt hatte und offenbar an irgendetwas bastelte. Ein Tisch, auf dem Fanny normalerweise Äpfel gelagert hatte, war zur Werkbank geworden, und Fanny betrachtete die Holzbretter, die Säge und den Bleistift und fühlte sich wie ein Eindringling. Manchmal dachte Fanny, dass es mit einer Tochter leichter gewesen wäre. Ein Mädchen hätte sie trösten können, wenn es wie Toni am Anfang weinend aus dem Gymnasium nachhause gekommen wäre. Bei Buben war das Weinen ab einem gewissen Alter unappetitlich. Toni war vor ihr gestanden, so groß wie sie. Als er klein gewesen war, hatte sie ihn auf ihren Schoß gehoben, damit sie ihm die Tränen und den Rotz abwischen konnte, und nun war sein großes Gesicht mit den nassen Wangen auf derselben Höhe wie ihr Gesicht, und er zog den Rotz durch die Nase hoch, während er schluchzte. Diesen noch nicht ganz erwachsenen Männerkörper konnte sie nicht auf den Schoß nehmen und umarmen, damit er zwischen Schoß und Brust und Armen vollständig geborgen wäre. Wenn sie ihn so gehalten hatte, früher, hatte das Schluchzen nachgelassen. Toni, hatte Fanny gesagt, du bist kein Kind mehr. Sie hatte ihm ein Taschentuch gebracht, und Toni war in sein Zimmer gegangen und hatte die Tür hinter sich zugemacht.

Fanny stand im Keller, vor dem Tisch, der die Werkstatt ihres Sohnes war. Sie wünschte sich, Toni wäre schon erwachsen und die Geheimratsecken hätten sich bereits gebildet. Sie hätte gewollt, die unsichere Zeit wäre vorüber, Toni unterrichtete am Gymnasium, und wie als Schüler käme er am Nachmittag nachhause. Sie würden gemeinsam essen, und er müsste dann vielleicht noch Schularbeiten korrigieren oder würde in die Werkstatt hinuntergehen. Fanny wusste, wieder einmal würden die Dinge sich von Grund auf ändern, und sie wollte, es wäre nicht so. Sie hatte das Gefühl, es stehe alles auf dem Spiel, und sie hatte Angst, zu verlieren. Wahrscheinlich war Toni in dem Alter, in dem er einen Vater gebraucht hätte, einen anderen Mann, am besten einen, der größer und schwerer wäre als er und an den er heranwachsen konnte, bis er dann selbst erwachsen wäre. Sie hatte Toni gesagt, sie führe jetzt dem Oberförster in Sankt Josef den Haushalt. Sankt Josef lag auf einem Hügel außerhalb der Stadt. Auf der Hügelkuppe standen die Kirche und unweit davon, am Waldrand, das Forsthaus. Die Bauernhöfe lagen hier weit verstreut, rund um das Forsthaus sah man nur Wald und Wiesen, selbst die Kirche war hinter Bäumen verborgen. Als Fanny das erste Mal in Sankt Josef ankam, war Sommer. Sie stieg aus dem Wagen des Oberförsters und blieb stehen. Sie konnte das Holz riechen, das sie am Waldrand gestapelt sah. Wenn sie sich später an den Oberförster erinnerte, sah sie ihn immer vor sich, wie er in seiner Filzjacke und mit dem Hut auf dem Kopf vor dem Forsthaus stand und wartete, bis Fanny sich genug umgeschaut hatte. Sie ging auf ihn zu, den großen Mann, der eine Zigarette rauchte. Still ist es hier oben, sagte sie zum Oberförster, als sie schon fast bei ihm angelangt war. Er nickte, und dann zeigte er ihr alles, das Grundstück rundherum und jedes Zimmer im Haus, als sei sie die Schlossherrin, auf die alles gewartet habe. Er sah Fanny zu, wie sie Schränke und Schubladen öffnete und alles inspizierte, und sagte: Endlich weht hier wieder ein weiblicher Geist. Von diesem Tag an holte der Oberförster Fanny mehrmals in der Woche mit dem

Wagen ab. Meistens wartete Fanny schon am Gartentor, wenn er ankam. Sie erzählte ihm, dass die Nachbarin gegenüber jedesmal in ihrem Garten stand und beobachtete, wie Fanny in das Auto des Oberförsters stieg. Bestimmt wurde schon getratscht. Ob das schlimm sei, fragte der Oberförster. Beim Mittagessen im Forsthaus wollte er, dass Fanny sich zu ihm setze und ordentlich esse. Fanny aber wollte sich ihren Hunger aufsparen und war unruhig, denn sie wollte zuhause sein, bevor Toni von der Schule kam. Wenn sie rechtzeitig da war, bereitete sie alles vor und füllte das Essen, das sie im Forsthaus gekocht und von dort mitgebracht hatte, zuhause in einen Topf, als habe sie es hier zubereitet. Wenn sie aber zu spät war und Toni sah, dass sie das mitgebrachte Essen auspackte, wollte er nichts davon. Dann ging er abends, während Fanny im Wohnzimmer saß, in die Speisekammer und aß aus den Schüsseln, auf die sie Topfdeckel gelegt hatte.

DER OBERFÖRSTER WUSSTE SCHON BALD, dass Fanny einen Sohn hatte, und bat sie, ihn doch einmal mitzubringen. Er hatte schon vergessen, was in der Annonce gestanden hatte, oder vielleicht hatte er es nie gewusst. Toni wollte nicht mitfahren. Was soll ich dort, sagte er, und als Fanny sagte, der Oberförster wolle ihn gerne kennenlernen, erwiderte er: Soll ich etwa auch für ihn kochen? Oder Betten machen, fügte er hinzu. Es war ein gehässiger Tonfall, den Fanny von ihm nicht kannte. Als sie später in ihrem Schlafzimmer saß und weinte, hörte sie, dass Toni vorbeischlich und kurz in der offenen Tür stehen blieb. Schließlich erklärte er sich bereit, einmal mitzukommen. Bist du doch neugierig, sagte Fanny, aber darauf antwortete er nicht. Der Oberförster fuhr vor dem Gartentor vor, wo Fanny und Toni bereits warteten, und stieg aus, um Toni zur Begrüßung die Hand zu geben. Während der Fahrt fragte er Toni nach der Schule. Toni saß auf der Rückbank, Fanny konnte ihn nicht sehen, sie hörte nur seine Stimme, während er auf die Fragen des Oberförsters antwortete. Sie hatte ihn schon lange nicht mehr erzählen hören, von der Schule, dem Unterrichtsstoff und den Klassenkameraden. Er klang wie ein junger Mann, bei dem jedes Ding seinen Platz hatte, der Freundschaften unterhielt und Verpflichtungen nachkam. Der Oberförster musste beeindruckt sein von einem solchen Jungen. Fanny aber wusste, dass es in ihrer beider Leben, ihrem und des Sohnes Leben, nur eine scheinbare Ordnung gab, weil sie der verlassene, klägliche Rest der Königsfamilie waren. Fanny wusste, dass in ihrem Haus diese Löcher von Leere herrschten, um die sie und Toni sich herumbewegten, und dass es außerdem einen Abgrund von Schweigen gab, seit Toni so gut wie gar nicht mehr mit ihr sprach. Fanny kannte das verschlossene, abweisende Gesicht ihres Buben, und sie wusste, was eine Fassade war. Manchmal fühlte Fanny sich, als trage sie selbst nur die Maske des Erwachsenseins, als täusche sie nur, mithilfe eines Kindes und der Witwenpension, vor, eine erwachsene Frau zu sein. Sie saß auf dem Beifahrersitz und hörte Toni beim Reden zu und wurde so wütend, dass sie sich mit einer heftigen Bewegung auf ihrem Sitz nach hinten drehte und den Mund öffnete, um zu sagen: Tu nicht so! Doch als sie ihn sah, sein überraschtes Gesicht und wie er wartete, was sie sagen würde, da war alles, was sie gerade noch gedacht hatte, falsch.

ALS SIE BEIM FORSTHAUS angekommen waren, ging der Oberförster hinein, während Fanny ihren Sohn herumführte. Sie setzten sich auf eine Bank, die am Waldrand stand. Die Kirchenglocken läuteten, dann waren nur noch die Bäume zu hören. Fanny mochte diese Bank, weil dahinter Laubwald war. Die dichten Nadelwälder, von denen es in der Gegend viele gab, waren starr und dunkel, die Fichten und Tannen rauschten nur bei sehr starkem Wind, meist blieben sie unbewegt. Schräg vor der Bank stand vereinzelt eine Birke. Fanny sagte: Hörst du das, nur die Birken machen dieses Rieseln. Das klingt, sagte Toni. Und nachdem sie einen Moment geschwiegen hatten, fragte Fanny: Willst du jemals ins Dorf zurück? Früher hätte er eine solche Frage als Anlass genommen, ihr davon zu erzählen, von allem, was ihnen beiden vertraut war, dem Schulhaus, den anderen Kindern. Toni sagte, er sei ja oft dort. Er saß neben ihr und schaute zur Kirche hinüber. Wo bist du oft, fragte Fanny. Toni lachte ungeduldig. Im Dorf, erwiderte er, am Wochenende. Sag nicht, dass du das nicht weißt. Aber du bist ja nie daheim, fügte er hinzu. Am Samstag übernachtete Fanny hin und wieder im Forsthaus, sie hatte gedacht, Toni bemerke es nicht. Fanny war heiß. Das Kind fuhr über die unbekannte Grenze zur Vergangenheit hin und her und hatte ihr nichts davon gesagt. Das war Verrat. Fanny bemühte sich, ruhig zu erscheinen. Sie fragte ihn, wie er dorthin komme. Wieder lachte Toni, er lachte laut auf. Weißt du noch, sagte er, es gibt da diesen Bus. Es ist zwar nicht derselbe alte Postbus wie früher, aber das Prinzip ist dasselbe, sagte Toni. Du fährst also zu den Toten, sagte Fanny. Sie saß sehr gerade und bemühte sich, Haltung zu bewahren. Sie konnte nichts dagegen tun, dass Tränen über ihre Wangen rannen. Aber Mutti, sagte Toni. Er streichelte mit zwei Fingern über ihren Handrücken, zwischen Fingerknöcheln und Handgelenk auf und ab. Er fragte, ob sie nicht einmal mit ihm fahren wolle. Fanny sagte, man solle die Toten ruhen lassen. Du wirst noch daran denken, sagte sie, die Toten lässt man besser ruhen. Aber die sind nicht tot, rief Toni. Die leben alle, zu denen ich fahre! Er sah sie an. Du spinnst doch, sagte Toni. Er stand auf und ging davon, am Waldrand entlang. Fanny musste später hinausgehen und ihn suchen, und beim Essen war er wieder so schweigsam, wie sie es von zuhause kannte.

SEIT TONI MIT IHR IN SANKT JOSEF GEWESEN WAR, übernachtete Fanny nicht mehr im Forsthaus. Tatsächlich ging Toni oft samstags weg und kam erst am Sonntagabend wieder. Fanny verbrachte den Samstag in Sankt Josef und ließ sich am Abend vom Oberförster zurück nachhause bringen. Schon vom Wagen aus sah sie, dass im Haus kein Licht brannte. Der Oberförster nahm Fannys Hand, die auf ihrem Oberschenkel lag, fest in seine und sagte, sie solle wieder einmal bei ihm bleiben. Fanny sagte, es sei wegen Toni, der brauche sie momentan. Sie ging ins Haus und hörte den Wagen des Oberförsters wegfahren. Fanny räumte auf, sie schaute in Tonis Zimmer und sortierte die Kleidungsstücke, die dort herumlagen, legte die sauberen zusammen und gab die schmutzigen zur Wäsche. Dann setzte sie sich im Wohnzimmer vor den Fernseher und schaute Nachrichten. Toni kam nicht. Fanny versuchte sich vorzustellen, wie er ins Dorf fuhr. Sie stellte sich Toni vor, wie er jetzt war, größer als sie selbst, wie er in einen Bus stieg, der die kurvenreiche Straße durch den Wald fuhr, bis er auf der Hochebene ankam und stehen blieb und Toni ausstieg. Fanny stellte sich vor, wie Toni die Straße überquerte, am Wirtshaus vorbei, den Weg am Waldrand entlang. Das ging noch, weil niemand zu sehen war. An der Steinkapelle vorbei. Der Pfarrer war vielleicht in der Sakristei, oder er ging in diesem Moment den Mittelgang zwischen den Bankreihen entlang. Toni näherte sich dem Schulhaus, aber vor dem Schulhaus konnte er nicht weiter. Im Schulhaus war das Klassenzimmer, in dem der Lehrer am Katheder stand und sein kleiner Sohn zwischen den anderen Kindern an einem Pult saß. In der Küche hinter dem Klassenzimmer war die Schulmeisterin damit beschäftigt, Knödel zuzubereiten. Toni stand vor dem Schulhaus und konnte nicht weiter, weil er sonst dem Lehrer und der Schulmeisterin und ihrem kleinen Sohn begegnet wäre, und die gab es nur noch in Fannys Erinnerung. Als Toni trotzdem weiterging und die Tür zum Schulhaus öffnen wollte, stand Fanny auf und ging in die Küche. Weil sie dort schon alles aufgeräumt und geputzt hatte, holte sie aus der Speisekammer eine Flasche Wein und schenkte sich ein Glas ein. Damit setzte sie sich wieder vor den Fernseher.

Fanny sorgte sich um Toni, der allein ins Totenreich gefahren war. Keiner würde sich dort seiner annehmen. Als Lebender konnte er mit niemandem sprechen, niemand konnte ihn sehen in diesem Dorf, in dem er zehn Jahre alt war und Tonei genannt wurde. Wenn er nur nicht sich selbst begegnete. Einen Schlafplatz hatte er auch nicht. Fanny sah ihn vor sich, wie er im Hof der alten Meierei stand. Liese kam aus dem Haus und ging an ihm vorbei, ins Schulhaus hinüber, um der Schulmeisterin einen Besuch abzustatten. Fanny blieb auf der Couch sitzen. Sie würde nicht schlafen gehen, sondern warten, ob er nicht doch den Weg nachhause finden würde, aber stur geisterte Toni weiter durch das dunkle Dorf. Für eine Weile konnte er noch in das Wirtshaus gehen, wo ein paar Männer zusammensaßen, der Lehrer war heute nicht darunter. Aber auch die Männer würden irgendwann nachhause gehen, und dann gab es keinen Ort mehr für Toni. In die Schule konnte er nicht gehen, dort lag in seinem Bett der kleine Lehrerbub. Fanny war froh, dass die Lehrerwohnung im ersten Stock war, sonst hätte Toni womöglich von draußen durch das Fenster hineingeschaut und ihren Sohn zu Tode erschreckt. Sie lag neben dem Lehrer im Ehebett. Sie wusste, jemand schlich durch das nächtliche Dorf, und wollte doch den Lehrer nicht wecken, denn schließlich war es sein eigener Sohn, vor dem sie Angst hatte. Sie durfte nur nicht einschlafen, dann würde nichts geschehen. Aber vielleicht hatte er ihren kleinen Buben schon geholt, ohne einen Laut, und Fanny hatte nichts bemerkt. Sie wollte rasch aus dem Bett steigen, um nachzusehen, ob Toni noch in seinem Zimmer war, als ihr ganzer Körper in einer heftigen Bewegung zuckte. Sie war auf der Couch eingeschlafen.

Als Toni am nächsten Tag nachhause kam, hatte Fanny gekocht. Der Sohn musste nach einer Nacht im Totenreich völlig ausgehungert sein. Sie beobachtete ihn. Er sah nicht besonders müde aus. Fanny war versucht, ihn zu fragen, und hatte Angst, er könnte anfangen zu erzählen. Er war ihr unheimlich, der Sohn, der bei den Toten gewesen war. Sie verstand ihn nicht mehr. Was schaust du mich so an, sagte Toni, ohne von seinem Teller aufzusehen. Fanny fragte nach der Schule, aber Toni sagte, sie solle ihn damit in Ruhe lassen. Fanny dachte, irgendwann würde er ein Mädchen kennenlernen und mit seinen Besuchen im Dorf aufhören. Eines Tages würde er Vernunft annehmen. Stattdessen setzte er sich eines Tages zu ihr an den Küchentisch und sagte, er wolle nicht Lehrer werden wie sein verstorbener Vater. Immer noch sagte er: mein verstorbener Vater. Fanny betrachtete sein Gesicht. Er schaute sie nicht an, hatte den Blick auf die Tischplatte gesenkt, wo seine Hände verschränkt waren. Er erinnerte Fanny an den Bruder, daheim am Esstisch, wenn der Vater ihn musterte. Was willst du denn sonst machen, fragte Fanny. Tischler. Sie verstand ihn nicht. Tischler, wiederholte Toni. Fanny schüttelte den Kopf. Was du für Ideen hast, sagte sie. Toni schaute sie an. Er verzog das Gesicht zu einer verächtlichen Grimasse mit schiefen Mundwinkeln und artikulierte überdeutlich: Was sollen die Leute dazu sagen! Fanny erkannte, dass er sie nachäffte. Sie befahl ihm, damit aufzuhören. Sie sagte, sie verstehe nicht, warum er sie so sehr hasse. Nun hatte sie den Kopf gesenkt und schaute auf die Tischdecke, die verschwommen war, weil Fanny nichts gegen die Tränen tun konnte. Bitte Mutti, hörte sie Toni sagen, bitte nicht immer weinen. Er stand auf und kam zu ihr, streichelte ihren Rücken und sagte, bitte, hör auf zu weinen, und Fanny bemühte sich. Sie wusste, dass er litt, wenn sie weinte, und konnte doch nichts dagegen tun, dass sie sich manchmal so verlassen fühlte. Ohne dich bin ich mutterseelenallein, sagte sie. Endlich gelang es ihr, mit dem Weinen aufzuhören.

FANNY DACHTE ERST WIEDER an dieses Gespräch, als sie viele Wochen später von einer ihrer Freundinnen darauf angesprochen wurde, dass Toni eine Lehrstelle bei einem Tischlereibetrieb angetreten habe. Ja, sagte Fanny und betrachtete das neugierige Gesicht der Freundin. Ja, sagte sie, Toni sei handwerklich sehr geschickt. Er wolle sich später selbstständig machen, sagte Fanny, er sei kein typischer Angestellter. Es gibt solche und solche, sagte die Freundin, und Fanny bestätigte das. Als sie später an diesem Tag am Herd stand, während Toni hinter ihr beim Abendessen saß, sagte Fanny, sie hoffe, er werde seinen eigenen Betrieb gründen. Dein Vater war Lehrer, sagte Fanny, hob den Deckel von einem Topf und rührte um. Und dein Großvater hatte seinen eigenen Hof. Ich habe gehört, sagte Fanny, du hast eine Lehrstelle beim Patek. Hast du das gehört, sagte Toni, dann brauche ich dir ja nichts mehr zu erzählen.

In der Kleinstadt sprach sich alles herum. Es war wie im Dorf, nur komplizierter. In der Kleinstadt war es noch schwieriger, zu wissen, wer worüber informiert war und mit wem man worüber sprechen konnte. Fanny wusste damit umzugehen. Sie hielt sich bedeckt und war eine aufmerksame Zuhörerin, und sie erzählte Sachen nur weiter, wenn sie dafür einen Grund hatte. Einmal in der Woche traf Fanny in dem Kaffeehaus am Hauptplatz ihre Frauenrunde. Sie staunte immer, wie freimütig die anderen Frauen über ihre Angelegenheiten sprachen, über ihre Körper, ihre Beschwerden und ihre Ehemänner. Sie ließen zu, dass die ganze Runde über ihren eigenen Mann lachte. Auch wenn die Männer schon gestorben waren, gaben ihre Frauen sie im Kaffeehaus der Lächerlichkeit preis. Fanny traf die Männer, wenn sie noch lebten, auf der Straße und war sehr freundlich zu ihnen, weil sie wusste, wie schwach sie in Wirklichkeit waren. Als Schulmeisterin hätte Fanny im Dorf nie jemandem erzählt, dass der Lehrer spät aus dem Wirtshaus nachhause gekommen war oder dass sie ihn einmal in der Früh im Klassenzimmer gefunden hatte, den großen Mann, schlafend auf einem Schülerpult. Fanny wusste, über gewisse Dinge sprach man nicht. Immer wieder versuchten die Frauen im Kaffeehaus, aus Fanny etwas herauszubekommen. Sie fragten nach dem Oberförster, und Fanny sagte, sie führe ihm den Haushalt, was sie denn von ihr wissen wollten. Womit sie den Boden einlasse? Fanny lächelte, und Frau Schuster rief, sie solle sie nicht für blöd verkaufen. Fanny mochte Frau Schuster, die von allen die Schusterin genannt wurde. Therese Schuster war noch nie besonders hübsch gewesen, und jetzt im Alter war sie eine kleine, dicke Frau mit weißen Haaren, die tatsächlich Tränen lachen konnte. Die Schusterin war der erste Mensch, den Fanny kannte, der oft so sehr lachte, dass ihm die Tränen kamen. Therese Schuster kannte keine Koketterie und behandelte jeden gleich, Männer wie Frauen wie Kinder. Fanny war überzeugt und fand diese Vorstellung faszinierend, dass die Schusterin zuhause im Schlafzimmer genauso war wie bei ihnen im Kaffeehaus. Man habe gehört, sagten die Frauen, dass es in Fannys Leben noch jemanden gebe, einen mit Geld. Fanny lachte und sagte, wofür haltet ihr mich denn. Sie hat ja recht, sagte Grete Liebminger, wo sie doch so schön ist, und sie betrachtete Fanny bewundernd. Fanny tat das Ganze mit einer Handbewegung ab, aber weil sie so lächelte, ließen die Frauen dieses Thema nie ganz ruhen.

IN DEN NÄCHTEN lag Fanny in ihrem Ehebett wach. Wenn sie sich bewegte, spürte sie die Plastikunterlage, die Hanna schon vor einiger Zeit mitgebracht hatte. Hanna hatte nichts gesagt, war nur mit dem Ding unter dem Arm gekommen, hatte das Bett frisch überzogen, wie sie es bei jedem ihrer Besuche tat, und dabei die Plastikdecke unter das Leintuch auf die Matratze gelegt. Fanny war danebengestanden und hatte mit der einen Hand die andere gehalten. Hanna hatte wie immer gesagt, Fanny solle sich ins Wohnzimmer setzen, während sie das hier mache, aber wie immer war Fanny stehen geblieben und hatte zugesehen. Während sie das Bett abzog, wiederholte Hanna noch einmal, Fanny solle sich unterdessen ins Wohnzimmer setzen, und Fanny reagierte nicht. Sie blieb stehen, das gehörte dazu, so empfand es Fanny. Das musste sie aushalten. Sie sah die Flecken auf dem Leintuch und wusste, dass auch Hanna sie sah, während sie das Leintuch aus dem Spalt zwischen Matratze und Bettrahmen zog. Wenn Hanna das Leintuch zusammenlegte, musste sie die Flecken spüren. Fanny wusste, wie die Flecken sich anfühlten. Der Stoff war an diesen Stellen steif. Noch schlimmer war, wenn auf dem Leintuch nicht nur die hellen getrockneten Flecken waren, sondern auch dunkle verschmierte Streifen. Hanna warf das Leintuch auf den Haufen, wo schon die Überzüge von Decke und Polster lagen, und plauderte, während Fanny daneben stand und ihre eine Hand mit der anderen hielt. Sie nahm den scharfen Geruch aus der Matratze wahr, über die Hanna sich beugte. Fannys rechter Mundwinkel zuckte. Sie sah zu, wie Hanna mit einem feuchten Schwamm versuchte, die Matratze zu reinigen, sie dann auftrocknen ließ, um erst kurz, bevor sie ging, das Leintuch darüber zu spannen und Polster und Decke zu überziehen.

Bevor Hanna mit der Plastikunterlage gekommen war, hatte sie einmal jemanden mitgebracht. Fanny hatte vom Sommerzimmer aus gesehen, dass es ein junger Mann war, vielleicht Hannas Sohn. Gemeinsam hatten die beiden eine neue Matratze in Fannys Bett gelegt und die alte ins Auto gepackt, um sie wegzubringen. Fanny war nicht aus dem Sommerzimmer heraus gekommen. Hanna hatte ihr am Telefon angekündigt, dass sie kommen und eine neue Matratze bringen werde, und Fanny hatte gesagt, nein. Während die beiden im Schlafzimmer hantierten, saß Fanny im Sommerzimmer, in dem es kalt war, denn es war November. In ihrem Schoß hielt sie die eine Hand mit der anderen und zugleich hätte sie ihren Mundwinkel und die Augenlider festhalten müssen, um das Zucken zu verhindern. Hanna wollte, dass Fanny in die Küche kam, um mit ihnen Kaffee zu trinken. Sie habe Tortenstücke mitgebracht, sagte Hanna. Sie bat Fanny, nicht unsinnig stolz zu sein. Fanny hatte ihren Schlafrock an und saß in einem der alten Korbsessel, zitternd vor Kälte und von der Krankheit. Als Hanna sagte, unsinnig stolz, nahm Fanny den Kopf zurück, so weit wie das noch ging, denn der Nacken wollte seine Beugung schon lange nicht mehr aufgeben. Hanna trank den Kaffee in der Küche allein mit dem jungen Mann, Fanny hörte sie leise reden. Später kam Hanna noch einmal in das Sommerzimmer. Sie habe das Bett frisch überzogen, sagte sie. Fanny werde auch viel besser schlafen auf der neuen Matratze. Fanny schüttelte den Kopf, das war wie ein stärkeres Zittern. Wusste Hanna nicht, dass Fanny nicht mehr schlief? Das nächste Mal kam Hanna mit der Plastikunterlage, und wie immer stand Fanny daneben, während sie das Bett abzog und die Plastikdecke darauf ausbreitete, ehe sie das Leintuch darüber spannte. Seither raschelte das Plastik, wenn Fanny sich in ihrem Bett bewegte.

SIE SCHAUTE IN DIE DUNKELHEIT und bewegte sich möglichst wenig. Hin und wieder fuhr auf der Straße ein Auto vorbei. Fannys Körper erinnerte sich an das Warten. Sie hatte auf Toni gewartet. Er war oft spät nachhause gekommen, manchmal war er betrunken gewesen. Fanny hatte nicht schlafen können, bevor er nicht zuhause war. Sie hatte darüber nachgedacht, was sie am nächsten Tag im Forsthaus zu tun hätte, was sie kochen würde, daran, was in der Frauenrunde letztes Mal gesagt worden war. Dass Grete Liebmingers Mann an Krebs gestorben und Grete diesmal nicht ins Kaffeehaus gekommen war. Während ihre Gedanken lose wurden, wartete Fannys Körper zuverlässig. Sobald Schritte näher kamen, war sie wieder wach. Sie erkannte Tonis Schritte, eigentlich spürte sie seine Gegenwart schon, bevor sie die Schritte hörte, aber sie schlug die Decke erst zurück, wenn er am Gartentor war. Dann stieg Fanny aus dem Bett, ihre Füße fanden die Schlapfen, die davor standen. Ihr Körper war schnell und gespannt. Sie hatte damals lautlos sein können. Wenn Toni die Haustür öffnete, hatte Fanny bereits den Schlafrock angezogen und erwartete ihn neben der Tür. Er grüßte sie und wollte in sein Zimmer. Er ging mit der bedächtigen Langsamkeit eines Betrunkenen. Fanny folgte ihm. Wo warst du denn, fragte sie. Mit Kollegen, sagte Toni. Fanny überholte ihn, und Toni blieb stehen. Er streckte eine Hand zur Mauer hin aus. Sie musterte sein Gesicht im Halbdunkel. Du bist sturzbetrunken, sagte Fanny zu ihrem Sohn. Lass mich schlafen gehen, sagte Toni. Er klang wie als Kind. Hast du deinen ganzen Lohn ausgegeben, fragte Fanny. Toni wollte ihr eine Hand auf die Schulter legen, doch Fanny wich zurück. Du denkst nur an dich, sagte sie. Du wohnst hier und brauchst deinen ganzen Lohn nur für dich auf. Toni stand an die Wand gelehnt, die Beine nach vorn gestützt, in der Hüfte geknickt. Er lachte laut. Mehr als die Hälfte trage ich dir nachhause, rief er. Blödsinn, sagte Fanny, du trägst alles ins Wirtshaus. Wie dein Vater, sagte Fanny und beobachtete genau sein Gesicht. Tonis Mund war geöffnet, er war voller Hohn und Bosheit. Du bist gierig, sagte er zu Fanny, du bist eine gierige Mutter, das ist ekelhaft. Dann hielt er sich eine Hand vor den Mund. Er stürzte zum Klo hin, doch das Erbrochene drang zwischen den Fingern hindurch, und als er über der Kloschüssel in die Knie ging, hatte er schon das Linoleum und die Fliesen beschmutzt. Fanny stand in der Tür und sah ihm zu, wie er sich erbrach. Sie sah, wie die Schultern sich unter dem Würgen nach vorne hoben. Nachdem er alles erbrochen hatte, verharrte er. Er räusperte sich. Fanny wartete und betrachtete den Rücken ihres Sohnes. Mühsam kam er wieder auf die Beine und ernüchtert stand er dann vor ihr, die Hände, auf die er sich erbrochen hatte, hilflos weggestreckt. Fanny schüttelte den Kopf und sagte: Bub. Sie ging mit ihrem Sohn ins Badezimmer. Sie half ihm, sich von dem Erbrochenen zu reinigen, und als sie danach im Klo und im Vorzimmer den Boden wischte, stand er daneben und entschuldigte sich, während sie sagte, er müsse endlich erwachsen werden. Im Badezimmer wusch sie sich lange die Hände und Arme mit heißem Wasser, und Toni stand schweigend in der Tür, bis sie fertig war und sagte: Geh schon schlafen.

Es KAM VOR, dass Toni ein Mädchen mit nachhause nahm, um es seiner Mutter vorzustellen. Fanny hatte dann einen Kuchen gebacken und kochte Kaffee. Sie war sehr höflich. Niemand konnte ihr vorwerfen, nicht alles so zu machen, wie es sich gehörte. Sie fand, man konnte ihr auch keinen Vorwurf daraus machen, dass sie nicht viel sagte, sondern das Mädchen beobachtete, wie es sich um ein Gespräch bemühte. Es ging schließlich um Fannys einzigen Sohn, um das Königskind. Sie würde ihn nicht dem erstbesten Mädchen geben, sie würde sorgfältiger sein, als er selbst es war. Vor einem solchen Besuch war Toni gut gelaunt und sagte, das Mädchen werde Fanny bestimmt gefallen. Dann saßen sie im Wohnzimmer, und Fanny schenkte Kaffee ein und servierte den Kuchen. Das Mädchen stand wieder von seinem Platz auf der Couch auf und fragte, ob es helfen könne. Es wollte Fanny das Kuchenmesser aus der Hand nehmen und bat, Fanny möge sich setzen. Fanny lehnte freundlich ab und sagte, es gehöre sich nicht, dass ein Gast bediene. Das Mädchen sah zu, wie Fanny Kuchenstücke auf die Teller legte, und machte immer wieder Anstalten, ihr etwas aus der Hand zu nehmen, rückte die Teller und Tassen herum, als ertrage es nicht, von Fanny bedient zu werden. Wenn auch Fanny sich gesetzt hatte, stellte sie dem Mädchen ein paar Fragen, über ihre Eltern und wie es sich seine Zukunft vorstellte. Nachdem es eifrig auf eine Frage geantwortet hatte, wusste das Mädchen nicht mehr weiter und blickte hilfesuchend zu Toni hinüber. Auch Fanny schaute zu Toni. Toni war in sich zusammengesunken. Er bemerkte nicht, dass das Mädchen und seine Mutter ihn betrachteten und das Mädchen verwundert und ein wenig erschreckt feststellte, dass es Toni so abwesend nicht kannte, während Fanny dachte, dass dieses Mädchen Toni offenbar nicht glücklich machte. Einen Moment lang herrschte eine vertraute Stille, während die beiden Frauen in Tonis Anblick vertieft waren. Schließlich richtete Toni sich ein wenig auf, schaute zuerst auf das Mädchen, dann seine Mutter fragend an. Fanny lächelte und stellte dem Mädchen, weil es ihr leidtat, noch eine Frage, die es beantworten konnte. Beim Abschied sagte das Mädchen, es habe sich sehr gefreut und sie würden sich von nun an bestimmt öfter sehen. Fanny machte eine unbestimmte Kopfbewegung und wusste im Gegensatz zu dem Mädchen, dass es auch dieses Mal nicht halten würde. Fanny und Toni sprachen danach nie wieder über das Mädchen oder den Nachmittag, den sie gemeinsam im Wohnzimmer verbracht hatten, aber irgendwann bestätigte sich Fannys Vorahnung und sie erfuhr von Toni, dass er und das Mädchen wieder getrennte Wege gingen. Fanny war froh, dass es so gekommen war, und sagte zu Toni, er wäre mit diesem Mädchen nicht glücklich geworden. Woher willst du das eigentlich wissen, fragte Toni. Ärgert dich das, sagte Fanny und lachte. Als seine Mutter wisse sie das eben.

EINES TAGES ERÖFFNETE TONI seiner Mutter, dass seine Lehre beendet sei und dass er vorhabe, in die Hauptstadt zu ziehen. Aber von dort sind wir damals wieder weggegangen, sagte Fanny. Sie fragte ihn, was er dort machen werde. Arbeiten, sagte Toni. Und leben, sagte er und breitete die Arme aus und lächelte sie an wie als kleiner Bub, offen und wohlwollend, als sei er der Erwachsene. Fanny musste weinen, und Toni streichelte ihr den Rücken, aber sie spürte, dass er entschlossen war, sie zu verlassen. Sie vermittelte ihm eine kleine Wohnung in der Hauptstadt, die Herrn Weiß gehörte. Herr Weiß war froh, Fanny einen Gefallen tun zu können. Dann kannst du ja bald deine Männer mit nachhause nehmen, sagte Toni und fand das lustig. In dem Sommer vor Tonis Auszug litt Fanny unter rätselhaften Magenschmerzen. Auch das Herz tat ihr weh. Sie war beschäftigt, im Garten oder in der Küche, oder sprach gerade mit einer Nachbarin, und mit einem Mal tauchte dieser Schmerz im Brustkorb auf. Sie ignorierte ihn, aber der Schmerz ballte sich zusammen wie eine kleine, harte Faust. Wild und fordernd schmerzte Fannys Herz und nahm ihr den Atem. Sie beschleunigte ihre Schritte, und das Herz beschleunigte seine Schläge. Sie spürte es in ihrer Kehle pochen. Sie setzte sich auf den Brunnenrand, neben dem Gemüsebeet, in dem sie gerade Setzlinge gepflanzt hatte. Sie saß unbeweglich. Von außen wirkte es, als betrachte Fanny zufrieden ihre Karotten- und Kartoffelpflanzen, doch die sah sie gar nicht. Sie sah nicht das umgestochene Stück Erde und das Häufchen Unkraut, das sie gejätet hatte. Fanny sah den Tod. Er ging zwischen Ribiselstauden und Kartoffelpflanzen umher und betrachtete Fannys Tagwerk. Fanny saß am Brunnenrand und wartete, ob er auf sie zukommen würde oder nicht. Der Gevatter Tod nickte ihr zu und schickte sich an zu gehen. Sie kannten sich. Toni trat zu Fanny und legte ihr eine Hand auf die Schulter. Die Wärme seiner Hand ging auf Fannys Schulter über. Fanny rührte sich nicht. Sie schaute dorthin, wo der Gevatter Tod gestanden hatte. Wenn du weg bist, sagte sie, wird keiner merken, wenn ich sterbe. Warum sollst du denn sterben, sagte Toni. Du bist jung und gesund. Er fügte hinzu: Nicht mehr ganz jung, aber doch. Er lachte und klopfte auf den Rücken seiner Mutter. Als sie sich weiterhin nicht rührte und den Blick nicht vom Gemüsebeet abwandte, sagte Toni: Warum willst du eigentlich nicht wieder heiraten? Der Oberförster würde dich doch sofort heiraten. Fanny sagte, du hast doch keine Ahnung, und Toni erwiderte, wer kann von dir schon eine Ahnung haben. Da schaute Fanny zu ihm auf, und sie lachten beide.

Auch Herr Weiss durfte nicht ins Haus. Zuverlässig wartete Fanny bereits am Gartentor, wenn er sie abholen kam. Sie hatten sich nur flüchtig gekannt, als Herr Weiß Fanny gefragt hatte, ob sie ihn auf eine Reise begleiten würde. Er wolle nicht mehr allein in der Weltgeschichte herumfahren, sagte Herr Weiß, sondern mit jemandem, mit dem er sich unterhalten könne. Fanny war vorher noch nie im Ausland gewesen, sie würde das Herrn Weiß aber nie sagen. Herr Weiß fand Fanny sehr weltmännisch. Sie passe in die allerbesten Hotels, sagte Herr Weiß, in die Grandhotels. Und auch wenn er ihr nur ganz normale Hotels oder Pensionen bieten könne, auf die innere Haltung komme es an. Obwohl Herr Weiß mit der Haltung etwas anderes meinte als der Vater, hatte er diese bei Fanny erkannt. Herr Weiß hatte Fanny von Anfang an mit ausgesuchter Höflichkeit behandelt. Vielleicht nannte sie ihn deshalb beim Nachnamen, obwohl sie sich bald mit du ansprachen. Ihre erste Reise war an den Gardasee gegangen. Am zweiten Abend waren sie in einem Restaurant gesessen, das zur Straße hin offen war, und auf die Straße hinaus ging auch die kleine, runde Tanzfläche, die mit wechselnden Farben beleuchtet wurde, auf der aber niemand tanzte. Herr Weiß war aufgestanden und hatte Fanny eine Hand gereicht. Es war eine selbstverständliche Geste gewesen, keine Frage, und deshalb hatte Fanny seine Hand ergriffen und war ihm auf die Tanzfläche gefolgt. Sie erinnerte sich an die Nachtluft am Gardasee und an Herrn Weiß' Rasierwasser. Herr Weiß hatte Fanny zweimal gefragt, ob sie nicht auch zuhause in der Kleinstadt mit ihm tanzen gehen würde. Nach dem zweiten Mal hatte er nie wieder gefragt. Um mit Herrn Weiß zu tanzen, musste Fanny in einem anderen Klima sein.

Sie hatte den Süden entdeckt wie etwas, das für sie gemacht, ihr aber bislang verborgen geblieben war. Fanny konnte stundenlang in der Sonne sitzen, während die Hitze immer tiefer in sie eindrang und ihre Nerven nach und nach beruhigte. Ihre Haut nahm eine gleichmäßig dunkle Bräunung an, und Fanny wusste die Farben so zu wählen, dass sie die braune Haut betonten. Wenn sie im Süden war, trug Fanny Tücher ins Haar gebunden, die zu ihrem Kleid oder der Bluse passten, und Sandalen mit Korkabsätzen. Zuhause wusste Fanny von ihren Armen oft nicht, wo sie waren, und hatte in ihren Gliedmaßen keine Empfindung. In der Hitze im Süden spürte sie beständig die Grenze ihres Körpers, ihre Haut an der warmen, satten Luft. Sie konnte sich deshalb auch unter den vielen Menschen, in Gedränge und Lärm, bewegen und fühlte sich wohl dabei. Jungen Mädchen wurde hinterhergerufen und nachgepfiffen. Das konnte Fanny nicht passieren, dafür war sie zu alt. Sie bemerkte jedoch, dass sie von Männern gemustert wurde, und während sie neben Herrn Weiß durch die Gassen ging, dachte Fanny darüber nach, was diese Männer alles nicht von ihr wussten. Sie wussten nicht, woher sie kam, welche ihre Sprache war, wer der Mann an ihrer Seite war, ob sie reich oder arm und wie alt sie war. Einmal geschah es, dass Fanny, als sie ohne Herrn Weiß durch die Gassen ging, von einem Mann angesprochen wurde. Sie verstand kein Wort von dem, was er sagte, und starrte ihm in das lächelnde Gesicht, das sich ununterbrochen bewegte, ehe es ihr gelang, ihren Blick abzuwenden und sich umzudrehen. Sie ging weiter, ging schnell, und er folgte ihr und sprach weiter auf sie ein, bis sie beim Hotel angekommen waren. Fanny lief beinahe in die Eingangshalle und ohne sich umzudrehen nach hinten auf die Terrasse, wo sie sich an einen Tisch setzte und bei dem Kellner ein Glas Wein bestellte. Erst, als sie es ausgetrunken hatte, wandte sie sich in ihrem Sessel um. Sie war überrascht, dass von dem Mann keine Spur zu sehen war.

DIE SCHÖNE FANNY, sagte Herr Weiß und trat zu ihrem Tisch. Fanny mochte die Wörter, die Herr Weiß benutzte, um über sie zu sprechen. Einmal hatte er sie kapriziös genannt. Fanny wusste, Herr Weiß wartete darauf, dass sie bei einer ihrer Reisen endlich vorschlug, keine getrennten Zimmer zu nehmen, aber sie wusste auch, dass es ihm irgendwie gefiel, wie beharrlich sie war. Abends verabschiedeten sie sich vor den nebeneinander liegenden Zimmertüren. Fanny wusch sich, sie zog ihr Nachtgewand an, putzte die Zähne und cremte ihr Gesicht ein. Auf den Hals trug sie das Puder auf, das nach Lilien roch. Sie legte sich ins Bett und machte die Nachttischlampe aus. Sie konnte nicht einschlafen, weil sie vergessen hatte, die Zimmertür zuzusperren. Nebenan wurde eine Tür geöffnet. Ein leises, beinahe unhörbares Klopfen. Fanny schloss die Augen. Sie spürte die Plastikdecke unter dem Leintuch. Wenn er sie jetzt hätte sehen können. Er hatte ihre Oberarme gemocht, die mit zunehmendem Alter voller geworden waren. Jetzt, im wirklichen Alter, waren sie knochig unter faltiger Haut. Als sie jung gewesen war, hatte man im Dorf gesagt, wie sie mit so dünnen Armen arbeiten könne. Wenn Herr Weiß ihre Arme jetzt hätte sehen können. Fanny erinnerte sich nicht an sein Gesicht. Manchmal fragte sie sich, ob er noch lebte. Er hatte gesagt, sie habe eine unfehlbare Eleganz. Fanny erinnerte sich an diese Worte. Ihr Körper erinnerte sich an die Nächte, nachdem die Tür des Hotelzimmers leise geöffnet und wieder geschlossen worden war. Es war sehr dunkel, Fanny hatte die Vorhänge zugezogen, bevor sie sich ins Bett legte. Er kam zu ihr, sie roch sein Rasierwasser und in seinem Atem Zahnpasta. Als müsste er sich zu erkennen geben, legte Herr Weiß seine Hand auf Fannys Wange. Die Haut um seine Lippen war kühl und glatt. Sie sprachen nicht, nicht einmal ein Flüstern. Die Bettwäsche war hier anders als zuhause, steifer, und Decken gab es keine. Auch das Bett war deshalb kühl, kühl und glatt, nur die Luft war warm und sein Körper, warm und schwer. Fanny drehte sich zur Seite. Unter dem Leintuch raschelte die Plastikdecke. Auch damals hatte sie sich irgendwann zur Seite gedreht, und er hatte das als Zeichen genommen und war verschwunden. Fanny war liegen geblieben, das kühle Leintuch am Bauch und an den Oberschenkeln und ihrer heißen Wange. Ihr fiel ein, dass sie die Zimmertür nicht zugesperrt hatte.

DIE SCHÖNE FANNY, hatte Herr Weiß immer gesagt, und dann war der Tag gekommen, an dem sie die Fenster entlanggeschlichen waren, er draußen, sie drinnen. Toni war nicht mehr da, er wohnte in der Hauptstadt in der kleinen Wohnung, die Herrn Weiß gehörte. Er rief regelmäßig an, aber Fanny wusste nie, wann das sein würde, und weil er kein eigenes Telefon hatte, konnte sie ihn nicht anrufen. Sie war deshalb von einer beständigen Unruhe erfüllt, wenn sie nicht zuhause war. Als sie einmal im Vorzimmer stand und sich eben die Schuhe anzog, weil Herr Weiß sie abholen sollte, klopfte jemand an die Haustür und öffnete sie im selben Moment. Herr Weiß trat herein. Sieh mich nicht an wie einen Geist, sagte er zu Fanny. Er lachte und klang nervös. Er sagte, er sei gekommen, um mit ihr zu reden, und nahm sie am Arm. Er war noch nie im Haus gewesen und zögerte, wohin er gehen sollte, doch dann entschied er sich richtig und zog Fanny ins Wohnzimmer. Er bat sie, in einem der Couchsessel Platz zu nehmen, in denen Fanny nie saß, und setzte sich ihr gegenüber auf eine Ecke der Couch. Einen Moment lang sagte er nichts und schaute sich im Wohnzimmer um. Fanny hatte ihre Handtasche auf den Knien, als sitze sie in einer Bahnhofshalle. Sie folgte seinem Blick. Über der Couch hingen die Rosenbilder an der Wand. Durch die Fenster schien die Sonne herein. An der Lampe über dem Couchtisch hing an einer unsichtbaren Schnur ein Schmetterling aus Schildplatt. In der Speisekammer war noch ein Stück Kuchen, das sie gestern aus dem Forsthaus mitgenommen hatte. Fanny hätte Kaffee kochen und Herrn Weiß bewirten können, wie sie das mit Gästen machte, die zu Besuch kamen. Aber Herr Weiß war kein Gast. Er hatte sich Zutritt verschafft. Er führte etwas im Schilde, das sah Fanny an seiner gespannten Körperhaltung. Herr Weiß rückte auf der Couchecke noch weiter nach vorne und nahm Fannys Hand. Er löste ihre eine Hand von dem Griff der Tasche und legte seine beiden Hände darum. Schöne Fanny. Herr Weiß sagte, ein neuer Lebensabschnitt habe begonnen, nun, da Fannys Sohn aus dem Haus sei. Das ist nicht wahr, dachte Fanny. Toni konnte jeden Moment nachhause kommen, und was sollte er denken, wenn er hier einen fremden Mann vorfand. Sie könne nun wieder ihr eigenes Leben führen, sagte Herr Weiß, sie habe ihre Mutterpflicht getan. Sie musste Herrn Weiß irgendwie aus dem Haus schaffen, bevor Toni kam. Fanny war plötzlich nicht mehr sicher, ob sie mit dem Oberförster für den heutigen Tag etwas ausgemacht hatte und ob nicht jeden Moment sein Wagen vor dem Gartentor halten und die Hupe zu hören sein würde. Sie beide, sagte Herr Weiß, könnten einen gemeinsamen Lebensabschnitt beginnen. Immer noch hielt er ihre Hand. Schöne Fanny. Er hatte ihre Hand sehr fest in seinen Händen gehalten, während er gesprochen hatte. Nun spürte Fanny auf ihrem Handrücken und an der Unterseite ihres Handgelenks, wo man den Puls zählt, wie der Druck seiner Finger nachließ. Er wusste nicht mehr weiter. Sie müssten nicht heiraten, sagte Herr Weiß, wenn Fanny das als Witwe nicht wolle. Aber in ihrem Alter sei das auch nicht mehr notwendig. Fanny zog ihre Hand aus Herrn Weiß' Händen. Sie hatten doch einen Ausflug machen wollen. Fanny bemerkte, dass sie nur an einem Fuß einen Schuh hatte, und lachte. Auch Herr Weiß lachte. Er wollte wieder ihre Hand nehmen, doch Fanny war schon aufgestanden. Herr Weiß stützte sich auf seine Oberschenkel. Er zögerte. Das Wetter sei so schön, sagte Fanny. Sie wolle nach draußen und sie wolle ihren zweiten Schuh anziehen. Fanny lachte. Herr Weiß saß noch immer auf der Couchecke und sah zu ihr auf. Schau nicht so unglücklich, sagte Fanny, komm, wir reden noch über alles. Komm, sagte sie und streckte ihm ihre Hand hin, und endlich stand Herr Weiß auf und ging mit ihr nach draußen.

ALS TONI DAS NÄCHSTE MAL ANRIEF, sagte Fanny ihm, dass er nicht länger in der Wohnung ihres Bekannten bleiben könne. Und als Toni einige Wochen später berichtete, er habe eine neue Wohnung gefunden, setzte Fanny Herrn Weiß davon in Kenntnis, dass Toni aus der Wohnung ausziehen werde. Von nun an sagte Fanny jedesmal, wenn Herr Weiß anrief, sie habe keine Zeit. Als Herr Weiß sich entschuldigte, weil er sie bedrängt habe, schwieg Fanny. Er kam zu Fannys Haus und klopfte und läutete an der Tür. Fanny war froh, dass die Haustür noch von der Nacht versperrt war. Herr Weiß ging durch den Garten rund um das Haus. Fanny folgte ihm innerhalb des Hauses und verbarg sich hinter den Vorhängen. Herr Weiß blieb zuerst unter dem Schlafzimmerfenster und dann unter den Wohnzimmerfenstern stehen und schaute hinauf. Er rief nach Fanny. Fanny stand hinter dem Vorhang und beobachtete ihn. Seine Arme hingen nutzlos an ihm herunter, sein Mund war ein wenig geöffnet, als konzentriere er sich sehr. Fanny wusste nicht, ob das Fenster von außen spiegelte oder ob man das Zimmer dahinter erkennen konnte. Herrn Weiß' Blick war genau dorthin gerichtet, wo Fanny sich hinter dem Vorhang verbarg. Sie blickten sich direkt an, Fanny wusste jedoch nicht, ob Herr Weiß sie sehen konnte. Er stand unten an der Terrassenstiege. Fanny blieb regungslos, solange Herrn Weiß' Blick auf sie gerichtet war. Sie wartete, ob er die Stufen zur Terrasse hinaufgehen würde. Die Terrassentür war unversperrt. Er kam nicht. Er senkte den Kopf und ging durch den Garten zurück. Er schaute nicht mehr nach oben, schaute auch nicht durch die ebenerdigen Fenster an der Vorderseite des Hauses. Er ließ Fanny in Ruhe und meldete sich nicht mehr.

Toni brachte ein Mädchen nachhause, und Fanny wusste sofort, dass diesmal alles anders war. Fanny musste feststellen, dass das Mädchen älter war als Toni, eine junge Frau. Sie bedankte sich für alles, blieb aber ruhig sitzen, während Fanny Kaffee einschenkte und Kuchenstücke auf die Teller legte. Seine Freundin habe sie wie eine Dienstmagd behandelt, sagte Fanny später zu Toni. Fanny konnte ihren Sohn nicht eingehend betrachten, weil die junge Frau sie unablässig freundlich anblickte. Wenn Fanny kurz zu ihm hinüberschaute, war sein Blick auf die Freundin gerichtet. Die Freundin stellte Fanny Fragen, nach dem Dorf und ihrem Elternhof. Sie sagte, das müsse schlimm gewesen sein für Fanny. Als Ihr Mann gestorben ist, sagte die Freundin. Sie nahm ihren verständnisvollen Blick nicht von Fanny. Fanny schaute in das freundliche Gesicht. Es war ungeheuerlich. Als Ihr Mann gestorben ist. Die Freundin blickte Fanny abwartend an. Das sei so lange her, sagte Fanny mühsam. Die Freundin blickte sie weiter an. Das sei ein anderes Leben, sagte Fanny, sehr langsam. Das musste die Freundin doch verstehen. Die Freundin nickte. Ihr Mann. Woher hatte sie diese Worte genommen? Die Freundin hatte kein Recht, den Lehrer so zu nennen. Es stand ihr nicht zu, von seinem Tod zu sprechen. Nicht einmal Fanny sprach von seinem Tod, nicht einmal mehr zu Toni. Die Freundin erzählte von ihrem Vater, der im Krieg schwer verwundet worden war. Sie verwendete mehrmals das Wort traumatisiert. Eigentlich hätte Fanny die Freundin aus dem Haus werfen müssen. Diese Freundin sprach ausschließlich über Dinge, über die man nicht sprach. Fanny wollte keine geheimen Dinge über die Familie der Freundin wissen, sie wollte nicht hören, was dem Vater der Freundin geschehen war. Das alles ging Fanny nichts an. Die Freundin schien von Fannys Entsetzen nichts zu bemerken. Sie sprach und blickte Fanny an und nickte ihr zwischendurch zu, als wollte sie Fanny ermutigen. Als die Freundin einen Moment lang ihre eigene Hand betrachtete, die auf dem Kuchenteller Brösel pickte, wandte Fanny mit einer großen Anstrengung den Kopf. Der Sohn hörte seiner Freundin zu und machte dabei ein zufriedenes Gesicht. Als Fannys Blick ihn traf, begriff er, dass etwas nicht in Ordnung war. Endlich kam er seiner Mutter zuhilfe und sagte etwas, um das Gespräch in eine andere Richtung zu lenken. Die Freundin wandte sich ihm zu. Fanny fühlte sich schwach und tief erschöpft, als der freundliche Blick von ihr genommen wurde. Sie fragte sich, ob der Sohn die Freundin schon länger kannte, ob vielleicht sie dafür verantwortlich war, dass er in die Hauptstadt hatte ziehen wollen.

ALLE ZWEI MONATE musste Fanny auf den Friedhof fahren. Es ging nicht anders. Alle Toten aus den umliegenden Ortschaften, auch aus dem Dorf, in dem Fanny Schulmeisterin gewesen war, wurden hier begraben. Die Leute aus dem Dorf, die ihre Verstorbenen auf dem Friedhof besuchen kamen, hätten bemerkt, dass Fannys Gräber nicht gepflegt wurden. Irgendjemand hätte sich darum gekümmert, damit sie nicht verwahrlosten, aber jeder hätte gewusst, dass Fanny das Grab des Lehrers und das ihrer Eltern vernachlässigte. Also kam Fanny alle zwei Monate auf den Friedhof, immer unter der Woche und immer nachmittags, wenn am wenigsten Besucher zu erwarten waren. Sie nahm den Bus und war froh, wenn sie aussteigen konnte, während der Bus weiter übers Land fuhr und schon bald in dem Dorf halten würde, in dem Fanny Schulmeisterin gewesen war. Sie hatte eine Tasche dabei, darin eine kleine Schaufel und eine Hacke, sowie einen Plastiksack mit Stiefmütterchen, Primeln oder Erika. Der Friedhof lag unterhalb der Kirche an einem Hang und war von einer brusthohen Steinmauer umgeben. Niemand war zu sehen. Fanny folgte nicht den schmalen Wegen, die durch die Reihen der Gräber führten, sondern ging quer über den Friedhof, zwischen den Grabsteinen hindurch. Dabei blieb sie kurz vor den frischen Grabhügeln stehen und las die Namen und Daten auf den Partezetteln an den Holzkreuzen. Fannys Gräber lagen nebeneinander, rechts der Lehrer, links die Eltern. Als sie den Rosenstock auf dem rechten Grab sah, fiel Fanny ein, dass sie die Rosenschere zuhause vergessen hatte. Sie stellte die Tasche und den Plastiksack auf den Boden und steckte die Hände in die Manteltaschen. Sie schaute über die Grabsteine hinweg auf die Hügelrücken. Die Kleinstadt war nicht weit entfernt und doch in einem ganz anderen Gebiet. Der Höhenunterschied zwischen dem Dorf, in dem Fanny Schulmeisterin gewesen war, dem Friedhof und der Kleinstadt war beträchtlich. Hier oben war eine andere Luft, eine Kargheit in allem, hier musste die Natur mit ihren Kräften haushalten. Nichts war hier verschwenderisch oder üppig. Wenn in der Kleinstadt noch Blätter an den Bäumen leuchteten, waren sie hier oben schon alle abgefallen. Und nie hatte Fanny in der Kleinstadt so viel Schnee gesehen, wie es ihn im Dorf jeden Winter gegeben hatte. Der Schnee war an den Wegrändern zu übermannshohen Wällen getürmt gewesen, vor denen klein und begeistert die Kinder standen. Fanny sah Toni vor sich, die Handschuhe, die sie ihm gestrickt hatte und die durch eine Schnur miteinander verbunden waren, hingen aus den Jackenärmeln. Sie machte sich an die Arbeit. Die Finger würden zwei Tage lang schmerzen von dem Graben in der feuchten, kalten Erde. Sie grub die verwelkten Nelkenstöcke aus, entfernte das Unkraut und harkte, und wenn das getan war, stellte sie die mitgebrachten Pflanzen auf die vorbereitete Erde und veränderte deren Anordnung, bis sie mit dem Bild zufrieden war. Dann hob sie mit der Schaufel kleine Löcher aus, die sie mit einer Hand davor bewahrte, wieder verschüttet zu werden, während die andere nach dem Setzling fasste, den sie zuvor aus seinem Plastiktopf befreit und auf die Grabeinfassung gestellt hatte. Wenn alle Pflanzen eingesetzt waren, ging Fanny zu dem Brunnen unten an der Mauer und füllte zwei große Gießkannen mit Wasser, eine für jedes Grab. Nach dem Gießen säuberte sie mit einem feuchten Taschentuch die Grabsteine. Zum Schluss zündete sie die beiden Grablichter in rotem Plastik an, die sie ebenfalls in ihrer Tasche mitgebracht hatte, und stellte eine auf jedes Grab, in die gläsernen Häuschen. Sie steckte die leeren Töpfe und das Unkraut in den Plastiksack und machte sich auf den Rückweg, den Hang hinauf, zwischen den Grabsteinen hindurch.

Mit einer Hand hielt Fanny den Mantel vor der Brust zusammen. Der Wind war scharf hier oben, es war derselbe Wind wie im Dorf. Als Fanny das Tor in der Friedhofsmauer fast erreicht hatte, kam ihr eine Gestalt entgegen, direkt auf sie zu. Sie gaben sich die Hand zur Begrüßung. Fanny wusste nicht, wer die alte Frau war, die sie da vor sich hatte. Wie es ihr gehe, fragte die andere. Fanny dankte und fragte zurück. Die Frau seufzte, Fanny sah es an der Bewegung des Mundes und dem Heben der Augenbrauen, den Laut des Seufzens riss ein Windstoß von den Lippen weg, ehe er zu hören gewesen war. Der Mann sei ihr gestorben, sagte die Frau, vor einigen Jahren schon. Er habe einen Krebs gehabt. Fanny nickte. Die Frau erzählte von der Krankheit des Mannes, und endlich begriff Fanny, dass Maria vor ihr stand. Maria, die nach dem Krieg in das Dorf geheiratet hatte, aber nicht Toni, sondern einen anderen. Sie war nicht blond gewesen wie in Fannys Vorstellung, sondern hatte dunkelbraunes, fast schwarzes Haar gehabt. Fanny hatte immer gedacht, Maria sei ungefähr so alt wie sie selbst. Sie schaute in das Gesicht dieser alten Frau, die von ihren Kindern und Enkelkindern erzählte. Ihr gelocktes Haar war weiß. Sie fragte nach Fannys Sohn, dem Lehrerbuben. Der sei in der Hauptstadt, sagte Fanny, zum Arbeiten. Sie schwiegen, während der Wind an ihren Haaren und Mantelschößen zerrte. Fanny hatte mit Maria später nie über Toni gesprochen, und Maria hatte ihr nie das kleinste Zeichen gegeben. Sie wäre die Einzige gewesen, mit der Fanny noch über den Bruder hätte sprechen können. Als Maria ins Dorf gekommen war, hatten sie bereits gewusst, dass Toni gefallen war, und Fanny hatte sich gefragt, ob Maria mit dem Heiraten auf diese Nachricht gewartet hatte. Nachdem der Vater und die Mutter gestorben waren, war Maria die letzte Spur von Toni und von dem Leben in der Senke vor dem Krieg. Maria aber hatte Fanny nie merken lassen, ob sie überhaupt wusste, dass Fanny Tonis Schwester war. Immer wartete Fanny darauf, dass Maria sich zu erkennen gäbe, wenn zum Beispiel über den Krieg geredet wurde. Einmal erwähnte Fanny in einem solchen Gespräch den Bruder, sie überwand sich, nur um Maria zu einer Reaktion zu bewegen, die ihr verriet, dass Maria das Mädchen gewesen war, das Toni umarmt hatte. Aber Maria nickte und schaute vor sich hin, wie alle Frauen es taten, wenn vom Krieg die Rede war. Sie hatte die Arme über der Brust verschränkt gehabt und Fanny nicht angeschaut. Wie die Zeit vergeht, sagte Maria. Und du schaust immer noch so gut aus. Sie lachte. Fanny gab zurück, Maria habe sich gar nicht verändert. Maria lachte noch immer, gutmütig, spöttisch. Fanny sagte, sie müsse den Bus erwischen. Sie wünschten sich alles Gute. Eilig ging Fanny zur Bushaltestelle. Sie fragte sich, ob Maria ehrlich gewesen war oder ob sie Fanny ausgelacht hatte, als sie gesagt hatte, sie sehe gut aus. Fanny hatte vergessen, den Plastiksack in die Mülltonne hinter der Kirche zu werfen, und so fuhr sie mit den leeren Töpfen, den verwelkten Nelken und dem Unkraut im Bus zurück nachhause.

An ihrem sechzigsten Geburtstag machte Fanny im Forsthaus einen Braten und eine Nusstorte. Zu Mittag stellte sie dem Oberförster wie immer das Essen auf den Tisch. Setz dich zu mir, bat er, und Fanny sagte, gleich, und machte sich wieder am Herd zu schaffen. Das ist ein Festtag, sagte der Mann, jetzt nimm dir einen Teller und setz dich zu mir. Sie lachte. Aber ja, sagte sie. Nach dem Essen wollte der Oberförster einen Schnaps mit Fanny trinken. Sie ging in die Speisekammer, wo der Schnaps aufbewahrt wurde. Sie wusste, welchen der Oberförster besonders mochte. Fanny trank am liebsten von dem Cognac in der runden Flasche aus gedunkeltem Glas. Vielleicht hatte es etwas mit der Dunkelheit zu tun. In der Speisekammer gab es nur ein kleines vergittertes Fenster über Kopfhöhe, durch das ein wenig Licht hereinfiel, das Fanny genügte, um sich zurechtzufinden. In diesem Speisekammerdunkel zog Fanny gern den Korken aus der runden Cognacflasche und trank von der weichen Flüssigkeit, die noch nicht im Mund, sondern erst in der Kehle brannte. Der zweite Schluck besänftigte das Brennen. Fanny stellte die Cognacflasche zurück ins Regal und ging mit dem klaren Obstbrand hinaus in die Küche. Sie schenkte dem Oberförster eines der kleinen Schnapsgläser voll und blieb neben ihm stehen, während er sich eine Zigarette anzündete. Sie müsse noch die Betten oben machen, bemerkte sie. Fannerl, sagte der Oberförster, komm doch einmal zur Ruhe. Wenn der Oberförster rauchte, entstanden bestimmte Geräusche. Nie räumte Fanny das Geschirr ab, während der Oberförster rauchte, denn die Geräusche waren nur in der Stille und Ruhe nach dem Essen möglich. Oft erzählte er etwas, und Fanny horchte auf das Rauchen und das Reden, die zusammengehörten. Das trockene Papier der filterlosen Zigarette an seinen Lippen, der Bart rund um seinen Mund und die Tabakfäden, die er auf die Zungenspitze nahm und mit dem Zeigefinger von dort entfernte. Fanny konnte hören, wie der Oberförster den Rauch schmeckte beim Einatmen und beim langsamen Entweichenlassen. Das Reden half ihm wohl beim Schmecken, der Rhythmus seines Sprechens und der Rhythmus des Rauchens gingen ineinander über. Immer wieder hatte Fanny einen Zug von seiner Zigarette probiert, weil die Geräusche sie verlockten, aber jedesmal war ihr davon schlecht geworden, und so begnügte sie sich damit, dicht neben dem Oberförster zu stehen und ihm beim Rauchen zuzuhören.

MANCHMAL, wenn Fanny in der durchlässigen Dunkelheit der Speisekammer aus der runden Flasche getrunken hatte, kam ein großer Friede über sie. Die Sonne schien auf das Forsthaus, und Fanny war zuhause. Sie roch das Holz in der Luft und schaute sich um und sah, dass alles in Ordnung war, weil sie dafür sorgte. Sie saß auf der Bank vor dem Haus und lächelte dem Mann zu, der neben ihr saß und über ihren Rücken strich, immer wieder, vom Nacken ausgehend hinunter. Na siehst du, sagte der Oberförster, und Fanny nickte und schaute zum Waldrand hinüber. Fanny könne überhaupt zu ihm heraufziehen, sagte der Oberförster. Fanny nickte. Sie berührte den Arm des Oberförsters. Er wusste nichts von den verschiedenen Wirklichkeiten. Er begriff nicht, dass Fanny hier bei ihm im Forsthaus lebte, dass sie seine Frau war und immer bleiben würde, so wie sie es in diesem Augenblick war. Für den Oberförster war die Wirklichkeit einfach, aber Fanny wusste es besser. Fanny wusste, dass die Wirklichkeit gefügt war aus verschiedenen Ebenen und dass ein Mensch in seinem Leben immer mehrere war. Das Leben zu bewältigen hieß, mit den verschiedenen Gesichtern zurechtzukommen und darüber nicht die Fassung zu verlieren. Der weiche Cognac konnte die Ordnung in Fannys Leben wunderbar festgefügt erscheinen lassen, aber er konnte auch bewirken, dass alles ins Wanken kam. Wenn das geschah, dann erkannte Fanny mit großer Klarheit, dass die Familie des Oberförsters sie für eine Erbschleicherin hielt. Sie wusste, er würde sich gegen diese Familie nie durchsetzen, und ihr, Fanny, stand nichts zu. Sie sah rundherum die Spuren ihrer vergeblichen Arbeit und wusste, sie hatte kein Recht auf dieses Haus, um das sie sich seit zwanzig Jahren kümmerte, und auch nicht auf diesen Mann, den sie länger kannte, als sie den Lehrer gekannt hatte. Es war unheimlich still hier oben. Fanny hörte die Leute verächtlich reden über die Lehrerwitwe, die nicht wusste, was sich gehörte. Nichts war in Ordnung. Fanny hätte in ihrem Haus sein sollen, denn ihr Sohn konnte jederzeit anrufen. Sie hätte überhaupt nur ein Haus haben sollen, stattdessen war sie ständig hier in diesem Forsthaus als Betrügerin und wusste nicht, wohin sie gehörte. Der Oberförster musste sie nachhause bringen. Er verstand nicht, warum sie es so eilig hatte. Sie müsse noch packen, sagte Fanny, und bevor sie vor ihrem Haus aus dem Auto stieg, gab der Oberförster Fanny ein Briefkuvert und sagte, sie solle sich eine schöne Zeit machen. Früh am nächsten Morgen würde Fanny mit der Damenrunde zu einer Italienreise aufbrechen.

ALS FANNY AN DIESEM ABEND die Kleidungsstücke, die sie mitnehmen wollte, auf dem Bett auflegte, läutete das Telefon. Es war Toni. Er wünschte ihr alles Gute zum Geburtstag und entschuldigte sich, dass er nicht bei ihr sein könne. Fanny sagte, sie packe gerade ihre Koffer für die Reise nach Italien. Toni sagte, er habe ein Geschenk für Fanny. Sie werde Großmutter. Fanny sagte nichts. Die Freundin sei schwanger, sagte Toni. Fanny wandte, den Telefonhörer in der Hand, den Kopf ab. Ihr Körper sträubte sich gegen dieses Wort, er krampfte sich zusammen gegen dieses Wort. Im Dorf hatte man es selten verwendet, man hatte gesagt, eine Frau sei in der Hoffnung. Das war etwas ganz anderes. Ich gratuliere, sagte Fanny. Mutti, sagte Toni. Fanny sagte, sie habe noch nicht fertig gepackt. Sie fahre morgen schon früh. Toni wünschte ihr eine gute Reise. Fanny legte den Hörer auf die Gabel. Sie stand vor dem Telefontisch im Vorraum und sah sich in dem Spiegel, der da hing. Sie war heute Morgen beim Friseur gewesen, die frischgelegten Locken glänzten. An den Wangen begann die Haut nachzugeben. Zum ersten Mal sah Fanny, dass ihre Mundwinkel in Falten nach unten verlängert wurden. An den Kieferknochen war die Haut schlaff. Fanny war unfähig, einen Muskel in ihrem Gesicht zu bewegen. So musste sie aussehen, wenn sie ihr Gesicht nicht unter Kontrolle hatte. Sie sah sich unverwandt im Spiegel an. Sie würde einmal einem dieser Hunde ähnlich, denen die Lefzen nach unten hingen. Noch sah man ihr das Alter erst auf den zweiten Blick an, aber es war da. Unter der roten Bluse zeichnete sich der Büstenhalter ab, darunter wölbte sich der Bauch. Obwohl Fanny nach wie vor schlank war, würde ihr Bauch nie wieder flach sein. Fanny hatte es immer vermieden, an sich herunterzuschauen, wenn sie nicht angezogen war. Jetzt betrachtete sie sich wie jemand, der versucht, sich eine Fremde unter ihren Kleidern vorzustellen. Sie ging zurück ins Schlafzimmer und packte ihre Koffer fertig.

FANNY SCHLIEF KURZ EIN, um dann, als habe jemand geschrien oder als sei etwas polternd umgefallen, wieder aufzuschrecken. Sie stützte sich auf beide Ellbogen und schaute im Zimmer herum, vorsichtig, wie jemand, der sich im Wald versteckt hat und nun die Schritte seiner Verfolger hört. Fanny war, als sei der Vater hier gewesen. Auch den durchscheinenden Geist der Mutter spürte sie, er war eben aus dem Zimmer verschwunden. Eine Weile blieb Fanny so, auf ihre Ellbogen gestützt, und schaute in das dunkle Zimmer, als könnten die Eltern noch einmal auftauchen. Schließlich legte sie sich wieder auf den Rücken, aber sie schlief nicht in dieser Nacht. Die halb durchsichtigen weißen Vorhänge filterten den Tagbeginn. Fanny stand auf, ging ins Bad und wusch sich. Das Wasser blieb kalt. Sie kochte Kaffee und holte die Zeitung von draußen. Sie machte eine Runde durch das Haus und durch den Garten. Über der Stadt hing noch Nebel, hier oben kam die Sonne durch. Fanny trug den großen und den kleinen Koffer und die Handtasche zum Gartentor. Während sie auf den Reisebus wartete, zupfte sie welke Blüten und Blätter von den Margeriten, die hier wuchsen. Als die Frauen am nächsten Tag in einer Osteria an einem langen Tisch saßen, sagte Grete Liebminger, niemand würde glauben, dass Fanny auf die Sechzig zuginge. Fanny sprach den restlichen Tag lang kein Wort mit ihr. Als Grete sich entschuldigen wollte, fragte Fanny, wofür denn. Grete setzte zu einer Erklärung an, aber Fanny lachte sie aus und sagte, kluge Menschen würden nachdenken, bevor sie den Mund aufmachten.

HEUTE MORGEN FÜHLTE SIE SICH KRÄFTIG. Sie war in der Dämmerung in einen leichten Schlaf gefallen, und als sie daraus erwachte, war das Aufstehen einfacher gegangen als sonst. Fanny nahm ihren zweiten Morgenmantel, den sie nicht so gern mochte, aus dem Kleiderkasten. Sie wollte den anderen, den sie jeden Tag trug, in der Waschmaschine waschen, gemeinsam mit der restlichen Schmutzwäsche, die sich angesammelt hatte. Als sie die Maschine einschalten wollte, blinkte daran ein rotes Lämpchen. Fanny drückte auf verschiedenen Knöpfen herum, doch die Maschine reagierte nicht. Fanny ging zum Telefontisch im Vorraum. Sie hatte gelernt, jeden Blick in den Spiegel, der dort hing, zu vermeiden. Für Fannys Augen war dieser Spiegel blind. Hanna meldete sich und rief, ach, wie sei sie froh, Fannys Stimme zu hören! Sie habe ein paarmal angerufen, aber niemand habe abgehoben. Hanna fragte Fanny, wie es ihr gehe. Es gehe schon irgendwie, sagte Fanny. Ob sie etwas gegessen habe, fragte Hanna, ohne sich auf einen Zeitpunkt zu beziehen, ein Heute oder diese Woche oder jemals. Ich brauche ja nichts, sagte Fanny. Natürlich nicht, sagte Hanna und lachte, du lebst von Luft und Liebe. Fanny dachte, dass die Luft in ihrem Haus meistens kalt war. Sie war immer schon verfroren gewesen, aber mit jedem Jahr fror sie noch mehr. Hanna bot an, im Lebensmittelgeschäft anzurufen, damit man Fanny etwas nachhause bringe. Das wollte Fanny nicht. Sie sagte, die Waschmaschine sei wieder kaputt. Ob Hanna kommen könne, um sich das anzuschauen. Fannys Stimme war kratzig. Es war eine Bitte. Fanny konnte nichts tun, als zu bitten, und sie konnte nichts tun, damit ihre Bitte erhört wurde. Nur immer warten und hoffen auf das nächste Wochenende. Hanna musste zwei Stunden mit dem Auto fahren, um Fanny zu besuchen. Hanna seufzte. Sie hatte Fannys Bitte erwartet. Jedes Telefonat drehte sich um diese Bitte. Fanny schwieg. Hanna wusste nichts von der alles verschlingenden Leere in diesem Haus und dass die Luft nicht nur kalt war, sondern auch so dünn, dass man zu ersticken drohte. Niemand wusste solche Dinge, und man konnte sie auch nicht sagen. Man konnte nur warten und bitten und dann bereuen, dass man gebeten hatte. Hanna sagte, sie würde gern jedes Wochenende kommen. Wenn es nicht ein so weiter Weg wäre. Ja, sagte Fanny. Sie werde versuchen, am Sonntag zu kommen, sagte Hanna. Ob sie nicht doch im Geschäft anrufen solle? Nein, sagte Fanny, es gehe schon. Sie könne doch den Nachbarn bitten, ihr etwas vom Geschäft mitzubringen, sagte Hanna. Fanny sagte, bestimmt, und Hanna wusste, dass sie es nicht tun würde. Schau auf dich, sagte Hanna, als sie sich verabschiedeten. Schau auf dich, Schulmeisterin.

FANNY SCHENKTE SICH EINE TASSE VON DEM KAFFEE EIN, der in der Kanne war. Sie wusste nicht mehr, ob sie ihn heute gekocht hatte oder an einem anderen Tag. Sie setzte sich an den Küchentisch. Jetzt würde sie bis Sonntag den Schlafrock tragen müssen, den sie nicht mochte. Sie beschloss, die Wäsche wieder aus der Maschine zu holen. Ein paar Tage könnte sie den anderen Morgenmantel noch anziehen. Fanny nahm eine Zeitung von dem Stapel, der sich auf dem Tisch angesammelt hatte. Eine Postkarte fiel heraus. Sie war von der Enkeltochter. Auf der Vorderseite sah man ein Schloss, rundherum Wiesen und Felder. Links im Bild stand sehr klein ein braunes Pferd. Das Foto musste aus einiger Entfernung aufgenommen worden und das Schloss sehr viel größer sein, als es in der weiten Landschaft wirkte. Fanny drehte die Karte herum. Das Datum des Poststempels konnte sie ebenso wenig entziffern wie die winzigen Buchstaben, die die Enkeltochter geschrieben hatte. Fanny wusste nicht, was die Enkeltochter dort im Ausland genau machte, sie hatte sie lange nicht mehr gesehen. Vielleicht war es gut, dass sie weit entfernt war. Fanny wollte nicht, dass das Unglück auf die Enkeltochter überging, auch wenn sie nicht daran glauben konnte, dass diese verschont würde. Fanny hatte die Erfahrung gemacht, dass das Unglück davon angezogen wurde, wenn einer es wagte, an das Glück zu glauben. Sie glaubte deshalb sehr fest an das Unglück, das ihr ebenso vertraut und nahe war wie der Gevatter Tod. Für Fanny selbst war es nicht mehr wichtig, aber vielleicht konnte sie durch ihren Glauben das Unglück von der Enkeltochter fernhalten. Fanny hatte immer wieder den Fehler gemacht, zu denken, sie habe genug gebüßt. Inzwischen wusste sie, es würde erst ganz am Schluss genügen, nicht früher. Erst ganz am Schluss.

FANNY ERINNERTE SICH, wie sie die Enkeltochter zum ersten Mal gesehen hatte. Toni war allein mit dem Kind gekommen, zum Forsthaus, weil der Oberförster das Enkelkind auch sehen wollte. Fanny hatte ihren Sohn gefragt, seit wann er das Auto habe. Das gehöre eigentlich der Freundin, hatte Toni gesagt. Sie waren im Garten gesessen, es war ein freundlicher Herbsttag. Fanny hatte eine Kaffeejause vorbereitet. Toni hatte Fläschchen mit Milch dabei, aus denen er dem Kind zu trinken gab. Fanny beobachtete ihren Sohn. Sie hatte noch nie einen Mann bei einer solchen Tätigkeit gesehen. Erst nach einiger Zeit bemerkte sie, dass das Enkelkind sie, Fanny, aufmerksam ansah, während es trank. Sie fühlte sich ertappt, ohne Grund. Der Oberförster hatte eine große Freude an dem Kind und bemühte sich, es zum Lachen zu bringen. Er schnitt Grimassen und gab eigenartige Laute von sich, doch Fannys Enkeltochter blickte ihn mit undurchdringlichem Ernst an. Fanny sagte zum Oberförster, er mache sich zum Narren. Darin seid ihr euch einig, sagte der Oberförster und nickte dem Kind zu. Freust du dich, fragte er Fanny. Sicher, sagte Fanny. Sie spürte den Blick des Sohnes auf sich, während sie aufstand und sich über den Tisch beugte. Aber geheiratet habt ihr noch immer nicht, fragte Fanny und tauchte das Messer in eine Schüssel mit kaltem Wasser, ehe sie die Torte anschnitt. Das wird wohl nicht passieren, sagte Toni. Mir ist es ja gleich, was ihr macht, sagte Fanny, aber du weißt, wie die Leute reden. Sie legte dem Sohn ein Tortenstück auf den Teller. Die Zeiten haben sich längst geändert, sagte Toni. Die Zeiten vielleicht, erwiderte Fanny, aber die Leute nicht. Toni hob die Schultern und ließ sie wieder sinken. Du bist zu dünn, sagte Fanny. Sie legte ein Tortenstück auf den Teller des Oberförsters. Die beiden Männer sprachen über den Wald und verschiedene Holzsorten. Toni hatte die gleichen Geheimratsecken wie der Lehrer. Fanny dachte daran, wie er immer gesagt hatte: mein verstorbener Vater. Sie stand auf und ging zu dem Kinderwagen, der ein wenig abseits im Schatten einer Buche stand. Das kleine Mädchen lag still auf dem Rücken und schaute zu Fanny hinauf. Riechst du das, fragte Fanny und deutete mit dem Kopf zum Waldrand hinüber, wo gefällte Baumstämme lagen. Das ist das frische Holz, sagte sie zu dem Kind.

Fanny rief nur selten bei Toni an, der noch immer in der Hauptstadt wohnte. Sie wollte nicht, dass die Freundin abhob und sie mit ihr sprechen müsste. Von Zeit zu Zeit rief Toni an und erkundigte sich nach Fannys Befinden. Einmal sagte er, es sei im Moment schwierig, weil die Freundin krank sei und ins Spital müsse. Wenn ihr nicht so weit weg wohnen würdet, sagte Fanny, könnte ich euch helfen. So ist das, sagte Toni. Fanny wusste gar nicht mit Bestimmtheit zu sagen, ob Toni und die Freundin zusammen wohnten oder ob sie getrennt waren. Bei Fannys seltenen Anrufen hatte entweder niemand abgehoben oder Toni. Toni wurde immer schweigsamer. Alle paar Wochen kam er mit dem Kind in die Kleinstadt und blieb für ein Wochenende bei Fanny. Die Freundin war bei diesen Besuchen nie dabei. Toni wohnte dann in seinem alten Zimmer, das unverändert war. Je älter das Kind wurde, desto weniger Zeit verbrachte er mit ihnen, mit Fanny und der Enkeltochter. Er arbeitete viel in der Werkstatt im Keller, ohne dass Fanny je sah, was er dort produzierte, oder er ging weg, ohne zu sagen wohin. Das Kind ließ er bei Fanny. Manchmal sagte Fanny, sie sei wohl das Kindermädchen. Nein, erwiderte Toni dann, du bist die Großmutter. Das Kind war eine angenehme Gesellschaft. Wenn Fanny auf dem Küchentisch den Strudelteig auszog, wollte das Kind hinaufgehoben werden und saß dann daneben und betrachtete das Teigausziehen mit einer solchen Konzentration, dass Fanny manchmal sagte: Schau nicht gar so ernst. Dann lächelte das Kind sie nachsichtig an, ein wenig wie Toni, als er klein gewesen war. Arbeitete Fanny im Gemüsebeet, begleitete die Enkeltochter sie, und wenn Fanny abends vor dem Fernseher saß, ließ das Kind sich neben ihren Füßen auf dem Teppich nieder. Manchmal kam Toni und setzte sich zu ihnen. Als das Kind alt genug war, um allein zu schlafen, bereitete Fanny ihm ein Schlaflager auf der Couch im Wohnzimmer. Toni kam meistens spät nachhause, wenn Fanny und das Kind schon zu Bett gegangen waren. Aber Fanny schlief nicht. Wie früher musste sie wach bleiben, bis er nachhause kam, damit alles seine

Ordnung hatte. Sobald sie das Gartentor hörte, war Fanny aus dem Bett. In den hohen Spiegeln ihres Frisiertisches erschien ein weißes Gespenst und verschwand wieder. Wie früher stand Fanny an der Tür, wenn der Sohn hereinkam. Sie wollte nur wissen, wo er gewesen war. Sie wollte ihm keine Vorwürfe machen, nur dass er sich ihr mitteilte. Flüsternd fragte sie ihn. Wo war er gewesen? Der Sohn antwortete nicht, er ging in sein Zimmer, Fanny neben ihm her. Sie betrachtete das bleiche Gesicht im Profil. Er schien sie nicht wahrzunehmen. Der Sohn verschwand in seinem Zimmer und schloss die Tür hinter sich. Fanny blieb davor stehen. Es war vollkommen still. Auch aus dem Zimmer war nichts zu hören. Vielleicht war gar niemand da. Es war alles gespenstisch. Fanny fragte sich, ob Toni bei einer Frau gewesen war. Schließlich ging sie zurück in ihr Schlafzimmer und legte sich ins Bett. Sie wusste nichts über ihren Sohn, war nicht einmal sicher, ob er ein Geist war, aber er oder sein Geist war nun in seinem Zimmer hinter der Küche. Das genügte. Fanny konnte einschlafen.

JEDEN SAMSTAG ging Fanny in die Stadt, um auf dem Markt einzukaufen. Sie stand früh auf und setzte sich mit der Zeitung und einer Tasse Kaffee an den Küchentisch, ehe sie aufbrach. An einem Wochenende, an dem Toni und das Kind zu Besuch waren, saß Fanny morgens am Küchentisch, als sie Geräusche aus dem Wohnzimmer hörte, das Kind, das von der Couch kletterte. Nach ein paar Minuten erschien es in der Küchentür, fertig angezogen mit den Kleidern, die es am Vortag getragen hatte, und setzte sich zu Fanny. Fanny tunkte das süße Brot, das vor ihr auf einem Teller lag, in den Kaffee und bot es dem Kind an. Das war von nun an sein liebstes Frühstück. Als Toni davon erfuhr, bemerkte er, Kinder sollten eigentlich keinen Kaffee bekommen. An diesem Tag machte Fanny sich bereit, einkaufen zu gehen, sie nahm ihre Einkaufstasche, legte Lippenstift auf und ging zur Garderobe. Dort saß die Enkeltochter auf dem Boden und war damit beschäftigt, ihre Schuhe anzuziehen. Fanny sagte dem Kind, es müsse hier bleiben, es könne nicht mit ihr gehen. Das Kind sah sie aufmerksam an. Als Fanny sich zum Gehen wandte, fasste es nach ihrer Hand. Nein, sagte Fanny, du kannst nicht mitgehen. Beim Gartentor war das Kind wieder neben ihr. Fanny begriff, dass es nicht hier bleiben würde. Sie wechselte die Einkaufstasche in die andere Hand und streckte die eine dem Mädchen hin. Das Kind ergriff die Hand und begann zu reden, vermischte Begebenheiten, die es offenbar geträumt hatte, mit Beobachtungen, die es im selben Moment machte. Wenn der Enkeltochter danach war, teilte sie Fanny ihre Gedanken mit, als setze sie bedingungsloses Interesse voraus, und tatsächlich musste Fanny feststellen, dass sie zuhörte. Wollte es unbedingt eine Antwort, insistierte das Kind so lange, bis Fanny eine gab. Sie gingen die Straße, in der Fannys Haus stand, hinunter, an den Gartenzäunen entlang. Fanny mochte das frühe Licht, in dem sie, langsamer als je zuvor, mit dem Kind an der Hand die vielen Stufen den Hügel hinunterstieg. Unten wollte das Kind am Fluss stehen bleiben, um die Enten zu beobachten. Auf der Brücke waren sie schon nicht mehr allein, immer mehr Menschen waren rund um sie unterwegs. Wenn man sich über die alte Steintreppe der Stadtmauer näherte, konnte man den Markt spüren und hören, so wie man das Geräusch der Wellen mindestens ebenso fühlt, wie man es hört, lange bevor man das Meer erblickt. Oben an den Stiegen war, in einem kühlen, dunklen Gewölbe, die Fleischerei, aber dort würde Fanny erst auf dem Rückweg einkaufen. Vom Marktplatz schwappte der Lärm in die umliegenden Gassen.

Als Fanny mit dem Kind an der Hand auf den Platz hinaustrat, kam die erste Bekannte auf sie zu, den Blick auf das Kind an ihrer Hand gerichtet. Sowas! rief die Frau. Fanny musste erklären, dies sei ihre Enkeltochter. Wieso weiß ich denn nicht, dass du Großmutter bist, fragte die Frau. Sie lachte, aber Fanny wusste, dass sie etwas daran nicht richtig fand, denn üblicherweise erzählte man solche Dinge überall herum. Du weißt ja, sagte Fanny, dass ich nicht gerne tratsche. Das Kind an Fannys Hand war verstummt und hatte sich näher zu Fannys Bein gestellt. Fanny erklärte, der Sohn wohne in der Hauptstadt und könne wegen seiner Arbeit nicht oft zu Besuch kommen, während die Bekannte auf das Kind hinunter lächelte und dumme Fragen stellte. Ob es schön sei, mit der Oma einkaufen zu gehen? Das Kind antwortete nicht und schaute der Frau ernst ins Gesicht. Ob es schüchtern sei, fragte die Frau und wollte eine Hand nach dem Kopf des Kindes ausstrecken. Das Kind wich der Hand aus, ohne seinen Blick vom Gesicht der Frau abzuwenden. Endlich verabschiedete sich die Frau, doch sie trafen unablässig andere Menschen. Auch mit den meisten Händlern war Fanny bekannt, und alle waren neugierig auf das Enkelkind, von dem sie nichts gewusst hatten. Sie kamen hinter ihren Ständen hervor, beugten sich zu dem Kind hinunter, wollten seinen Kopf streicheln und stellten ihm Fragen, auf die das Kind nicht antwortete. Fanny stellte fest, dass ihre Enkeltochter schlecht erzogen war und weder grüßte noch die Hand geben wollte. Das Kind wusste nicht, was sich gehörte. Es sprach nicht mit Fremden, wenn es keine Lust hatte, schaute ihnen unverschämt ins Gesicht und war skeptisch bis abweisend. Zwischendurch sagte es Dinge, die niemand hören wollte. So verlieh es etwa seiner Faszination für die geschwollenen Füße von Grete Liebminger Ausdruck, die immer dicker und hässlicher wurden, wie auch Fanny schon seit längerer Zeit beobachtete. Es hätte Fanny unangenehm sein müssen, wie ihre Enkeltochter sich benahm, doch tatsächlich bereitete es ihr Vergnügen. Fannys Sohn war als Kind eher mädchenhaft gewesen, die Enkeltochter hätte man manchmal auch für einen Buben halten können. Ihr Haar war kurz und mit Henna rot gefärbt, weil es dadurch gekräftigt werden sollte. Sie durfte sich selbst ankleiden, wie sie wollte, und Fanny, die sich bei ihrer eigenen Garderobe nicht den kleinsten Fehler erlaubte, griff nie ein, wenn das Kind haarsträubende Kombinationen aus Farben und Mustern zusammenstellte. Es hatte oft Fieberblasenkrusten um den Mund, und wenn es die Erwachsenen aufmerksam beobachtete, legte es einen kleinen Finger an sein aufgeschürftes Kinn.

Wenn sie vom Markt nachhause gingen, mussten Fanny und ihre Enkeltochter die vielen Stufen über den Hügel wieder hinaufgehen. Irgendwann begann Fanny dem Kind dabei Geschichten zu erzählen, um es von der Anstrengung abzulenken. Zu ihrer eigenen Verwunderung waren es Geschichten aus dem Dorf. Seit vielen Jahren hatte sie mit niemandem über das Dorf gesprochen. Außer Fanny kannte nur noch Toni das Dorf, in dem sie einmal Schulmeisterin und er der Lehrerbub gewesen war. Die Enkeltochter war nie dort gewesen. Ihr erzählte Fanny nun Märchen aus dieser versunkenen Welt. Am liebsten hörte die Enkeltochter die Geschichte von dem wilden Ritt auf dem Fuchshengst. Fanny war damals mit dem Lehrer auf einem Hof zu Besuch gewesen, auf dem Pferde gezüchtet wurden. Man hatte ihnen ein neues Pferd gezeigt, einen unbändigen Fuchshengst, auf dem niemand reiten durfte. Weil sie das Reiten liebte, erzählte Fanny der Enkeltochter, hatte man ihr erlaubt, ein Pferd zu satteln und einen Ausritt zu machen. Fanny war deshalb im Stall geblieben, während die anderen ins Haus gingen. Sie habe sofort gespürt, dass der Fuchshengst und sie sich gut verstehen würden. Er habe sich auch brav satteln lassen. Warum war er so wild, fragte das Kind. Fanny hob die Schultern und ließ sie wieder sinken. Manche sind so und andere so, sagte sie. Und erzählte, dass der Fuchshengst mit ihr durchgegangen war. Er rannte los, erzählte Fanny dem Kind, und rannte so lange, bis sie nicht mehr wusste, wo sie sich befanden. Rundherum war Wald, und Fanny hatte die Orientierung verloren. Aber es war ein schöner Platz, sagte Fanny. Und sie war oben geblieben. Das ist das Wichtigste, sagte Fanny zu ihrer Enkeltochter, Obenbleiben ist das Wichtigste. Nachdem der Fuchshengst sich ausgetobt hatte, war er ruhig und fromm wie ein Lamm, und weil Pferde immer den Weg nachhause finden, seien sie in der schönsten Eintracht zurück zu dem Hof geritten, erzählte Fanny. Dort habe sie den Fuchshengst wieder in den Stall gebracht und nie jemandem von dem wilden Ritt erzählt. Nur mir, sagte das Kind. Nur dir, bestätigte Fanny.

SIE HÄTTE ES WISSEN MÜSSEN, dachte Fanny später. Als die Schmerzen im Unterleib immer stärker geworden waren, war sie schließlich zum Arzt gegangen. Man hatte herausgefunden, dass sich in Fanny ein Geschwür eingenistet hatte, das herausgeschnitten werden musste. Sie wurde operiert, und als alles überstanden war, sagte der Arzt, sie habe Glück gehabt. Da hätte Fanny es wissen müssen. Sie hätte erkennen müssen, dass auch der Tod des Oberförsters kein Zufall gewesen war, obwohl es ganz danach aussah. Es sah so aus, als sei das Raucherbein die Folge des jahrelangen Rauchens, und es war auch nicht überraschend, dass ein alter Mensch eine Beinamputation nicht problemlos wegsteckte. Aber Fanny wusste über das Unglück mehr als andere, und sie hätte es besser wissen müssen. Alle anderen sagten, der Oberförster werde sich rasch von der Operation erholen. Man sagte, er sei ein zäher Knochen. Nur Fanny ahnte, dass es nicht gut ausgehen würde. Sie fuhr ihn trotzdem besuchen, obwohl sie Krankenhäuser hasste und Angst hatte, nicht mehr herauszukommen, wenn sie einmal hineinging. Sie verabscheute die Patienten in den Krankenhauskitteln, die nicht zu kümmern schien, wie sie aussahen, und sie empfand Ekel davor, wie jeder sein Gebrechen zur Schau stellte. Es war, als würde den Menschen mit ihrem Eintritt in das Krankenhaus zugleich ihr Stolz abgenommen. Fanny aber wusste, dass sehr viele Menschen von Haus aus keinen Stolz haben.

So viele Jahre hatte Fanny den Oberförster als einen stattlichen Mann gekannt, und nun lag er hier vor ihr in einem Krankenbett und trug einen Krankenhauskittel. Sie schaute im Zimmer herum und suchte nach seinem Jägerhut, konnte ihn aber nirgends sehen. Der Oberförster wollte Fannys Hand halten. Eine Krankenschwester kam herein, eine junge Frau, die fröhlich grüßte und begann, den Oberförster zu versorgen. Während die Krankenschwester ihre Handgriffe verrichtete, sprach sie wie zu einem Kind, das beruhigt werden musste. Der Oberförster verfolgte aufmerksam, was die Krankenschwester an ihm tat, und lachte gehorsam über ihre kleinen Scherze. Er war tatsächlich wie ein ängstliches Kind bei einer Untersuchung. Als die Krankenschwester nach draußen gegangen war, wollte der Oberförster wieder Fannys Hand halten. Fanny fühlte sich an Toni erinnert, wenn er krank gewesen war. Du hast ganz kalte Hände, sagte der Oberförster und nahm Fannys Hand zwischen seine beiden Handflächen, die warm waren und rau. Fannys Körpertemperatur schien jedesmal zu sinken, wenn sie das überheizte Spital betrat. Die Kälte ihres Körpers machte Fanny langsam. Zu langsam, um dem alten Mann, der da im Bett lag, über den Kopf zu streichen, zu langsam, um ihm etwas zu erzählen, auch wenn er immer sagte: Erzähl mir was, Fannerl. Er langweile sich so hier drinnen, sagte er. Ihm fehle der Wald, man höre hier gar nichts von draußen, nicht einen Vogel. Erzähl mir was, sagte er, aber Fanny fror so sehr, dass es eine Anstrengung bedeutete, den Kiefer zu bewegen. Was ist denn los, fragte der Oberförster traurig. Fanny sagte, kalt ist mir, und raffte sich auf, um die Gegenstände auf dem Nachtkästchen zu ordnen.

Als Fanny an diesem Tag nachhause ging, war es dunkel, obgleich erst später Nachmittag. Es schneite sehr dünne Flocken, die nicht bleiben wollten, sondern sich noch über dem Boden auflösten. Im Winter werden die alten Leute nicht mehr gesund, hatte man im Dorf gesagt. Am nächsten Tag rief Fanny den Oberförster im Krankenhaus an. Sie hatte sich verkühlt, sie konnte ihn nicht besuchen kommen. Der Oberförster wünschte ihr gute Besserung. Fannys Verkühlung jedoch verschlimmerte sich mit jedem Tag. Sie musste das Bett hüten. Der Schnee war mittlerweile liegen geblieben, und Fanny litt unter starken Kopfschmerzen und hustete Schleim. In den ersten Tagen telefonierten sie, doch Fanny konnte wegen ihrer Halsentzündung fast nicht sprechen. Das habe keinen Zweck, sagte der Oberförster bei ihrem letzten Telefonat. Das Reden sei für Fanny eine Qual, sie solle erst einmal gesund werden. Der Oberförster starb im Krankenhaus, ohne dass Fanny ihn noch einmal gesehen hatte. Fanny ging nicht zu seinem Begräbnis. Der Arzt sagte, es sei keine gute Idee, in der Kälte auf einem Friedhof herumzustehen. Außerdem wusste Fanny, dass die Verwandtschaft des Oberförsters sie ohnehin nicht sehen wollte. Der Husten war abgeklungen, und am Tag des Begräbnisses saß Fanny auf der Couch, weil sie es hasste, untertags im Bett zu liegen. Sie hörte Kirchturmglocken, aber sie wusste, es war die Kirche in ihrer Nähe, die elf Uhr schlug. Der Friedhof war am anderen Ende der Stadt. Brieflich verständigte man Fanny davon, dass der Oberförster ihr ein Stück Land vermacht habe und dass ihr dafür eine gewisse Summe ausbezahlt werde. Sie hatte recht behalten. Es war, als habe es das Forsthaus nie gegeben und als habe nicht sie sich jahrzehntelang darum gekümmert. Die halten mich für eine Erbschleicherin, sagte sie zu Toni, als er zu Besuch war. Die Enkeltochter fragte nach dem Wort, das sie nicht kannte. Toni hob die Schultern ein wenig und ließ sie wieder sinken. Das sei schwierig zu erklären. Sprich doch lauter, sagte Fanny zu ihrem Sohn, man hört dich fast nicht, so leise murmelst du. Erbschleicherin, Blindschleiche, sagte die Enkeltochter.

MIT DEM TOD DES OBERFÖRSTERS hatte das Unglück Fanny wieder eingeholt. Das Unglück war ein Wesen, das manchmal verschwunden zu sein schien, weit weg und nicht zu sehen, aber es verlor nie die Spur. Ein Wildtier, das eine Beute verfolgt, von der es weiß, dass sie ihm nicht entkommen wird. Ein Tier, das sich in der Wildnis besser auskennt und gewandter ist als alle anderen und ihnen daher unendlich überlegen. Ein erhabenes Tier. Fanny war kein einziges Mal mehr im Forsthaus gewesen. Sie ging jetzt öfter zu den Frauenrunden im Kaffeehaus. Therese Schuster musterte Fanny einmal und sagte, während die anderen über irgendetwas lachten, sie wirke bedrückt. Fanny hätte ihr gern erzählt, dass es den Oberförster nicht mehr gebe, dass keiner sie mehr am Gartentor abhole und dass sie für niemanden mehr zu kochen habe. Dass ihr die Arbeit fehle und die Zigarette, die der Oberförster nach dem Essen geraucht hatte. Dass sie viel mehr Zeit als früher in ihrem Haus verbringe, in ihrem leeren Haus, und manchmal nichts mit sich anzufangen wisse. Dass sie manchmal versuche, in einem Buch zu lesen, und das Geschriebene nicht verstehe, weil nichts zu ihr durchdringe. Fanny erwiderte Thereses Blick und sagte: Wir werden alt. Therese sagte, sie habe das noch nie jemanden so todtraurig sagen hören.

Fanny war froh, wenn am Wochenende Toni mit der Enkeltochter zu Besuch kam. Einmal schlug er vor, einen Spaziergang zu unternehmen, zu einem verlassenen Vierkanthof, der mitten in den Feldern stand. Zu dritt gingen sie durch die Siedlung, bis dahin, wo die Häuser aufhörten und der Feldweg begann. Als sie in die Kleinstadt gezogen waren, war der Hof noch bewirtschaftet gewesen. Die meisten Häuser der Siedlung hatte es noch nicht gegeben. Während die Siedlung immer weiter in die Felder hineinwuchs, verfiel der Hof nun schon seit vielen Jahren. Es gab Kinder, denen das Anwesen als Abenteuerspielplatz gedient hatte, die mittlerweile erwachsen waren. Fanny war hinter Toni und der Enkeltochter zurückgeblieben. Die beiden gingen nebeneinander. Das Kind reichte Toni bis über die Hüfte. Bald würde es seine Schulter erreicht haben. Sie gingen einmal um den Hof herum. Die gewaltigen Tore waren verwittert und schief und mit Eisenketten versperrt. Warum die Tore gar so hoch seien, fragte die Enkeltochter. Fanny sagte, bei der Heuernte türme man das Heu so hoch auf die Wagen, dass sie gerade noch durch diese Tore passten. Die Enkeltochter schaute durch einen Spalt zwischen den Brettern. Schau, wie schön, sagte sie und trat zur Seite, um Fanny hineinschauen zu lassen. In dem Innenhof, der weit war wie ein mit Steinen gepflastertes Feld, wuchsen hohe Gräser und Kornblumen. Neben dem Tor entdeckte die Enkeltochter einen Durchschlupf. Sie solle sich vor herunterfallenden Dachziegeln in Acht nehmen, rief Toni. Sie hörten die Schritte des Kindes aus dem Gehöft, dann war es still. Fanny und Toni blieben vor der Rückseite stehen, wo es kein Tor gab, sondern kleine Fenster, die mit Brettern zugenagelt waren. Toni sagte, er wolle noch einmal etwas anderes machen. Er werde im zweiten Bildungsweg Pädagogik studieren. Fanny fragte, ob er also doch noch Lehrer werde. Er wolle außerhalb der Schule mit Kindern arbeiten, sagte Toni. Mit schwierigen Kindern.

WENN TONI UND DIE ENKELTOCHTER am Sonntag wieder abfuhren, ging Fanny durch das stille Haus. Sie räumte auf. Weil sie aber nicht alle Spuren ihrer Anwesenheit beseitigen wollte, ließ Fanny die Decke, die die Enkeltochter benutzt hatte, zusammengefaltet auf der Couch liegen. Am Abend setzte sie sich vor den Fernseher und dachte, dass sie jetzt doch noch eine Großmutter geworden war, die nicht mehr viel zu tun hatte und darauf wartete, dass man sie besuchen kam. Seit Toni ein Kind und das Schulhaus ihr Zuhause gewesen war, hatte Fanny nicht mehr so viel Zeit daheim verbracht. Sie beschloss, wieder mehr mit ihrer Frauengruppe zu unternehmen, und meldete sich für einen zweitägigen Ausflug an. Als sie wieder zuhause war, läutete das Telefon. Fanny brauchte lange, um zu verstehen, dass es die Freundin des Sohnes war, die bei ihr anrief. Die Freundin fragte, warum Fanny seit zwei Tagen nicht ans Telefon gehe. Fanny wollte sagen, sie sei nicht zuhause gewesen, aber sie hielt sich zurück. Es ging die Freundin nichts an, was Fanny tat und wo sie sich aufhielt. Die Freundin klang sonderbar. Fanny fragte sich, ob sie weinte. Die Freundin sprach von Toni. Fanny verstand sie nicht. Irgendwo in der Hauptstadt sprach die Freundin des Sohnes in ein Telefon und hörte eine ganze Zeitlang nicht mehr auf. Die Freundin verwendete mehrmals das Wort Depressionen. Sie sagte: Verdrängung, und sprach von blinden Flecken. Die Freundin sagte, Fanny habe nie hinschauen wollen. Fanny dachte an Liese. Liese war als Witwe ins Dorf gekommen, und man erzählte sich, ihr Mann habe sich neben ihr am Esstisch erschossen. Aus Verzweiflung über Lieses Treulosigkeit habe er drohen wollen, sich umzubringen, und es dabei versehentlich getan. Die Waffe hätte nicht geladen sein sollen, erzählte man sich. Liese sei mit dem Rücken zu ihm sitzen geblieben, bis jemand gekommen sei. Man sagte, Liese sei kaltblütig, und die Männer im Dorf fürchteten sich ein wenig vor ihr. Einmal hatte Liese mit Fanny darüber gesprochen. Sie habe sich nicht umdrehen können, hatte Liese gesagt. Nach dem Schuss sei es still gewesen. Vollkommen still, hatte Liese gesagt und war

verstummt, wie um der Stille Platz zu machen. Ob sie sich umgedreht hätte an ihrer Stelle, hatte Liese Fanny gefragt. Fanny hatte
nicht geantwortet.

Fanny ging herum und stellte fest, dass man ihr nichts ansah. Sie stand morgens auf und trank ihren Kaffee, sie löste das Kreuzworträtsel in der Zeitung und bemerkte später, dass die Buchstaben, die sie eingetragen hatte, keine Wörter ergaben. Sie kleidete sich und hielt sich wie immer. Sie traf die Frauenrunde im Kaffeehaus und hörte sich Gespräche über die Beschwerden der Frauen und die Krankheiten ihrer Männer an. Es wurde über verschiedene Ärzte geredet und darüber, dass die Männer nicht zu den Ärzten gehen wollten. Nur noch zwei von den Frauen, die sich regelmäßig im Kaffeehaus trafen, hatten Männer. Die Männer der anderen Frauen waren schon verstorben, aber ihre Frauen sprachen noch immer von den Gebrechen der verstorbenen Männer. Grete Liebminger sagte einmal, Fanny sei zu keinen Späßen mehr aufgelegt. Fanny erwiderte, das müsse sie doch besonders freuen. Grete lächelte betreten, und Fanny ertrug es nicht mehr, hier zu sein. Sie sagte, sie habe noch etwas zu erledigen, und verließ das Kaffeehaus. Sie ging in das Wäschegeschäft, dort, wo früher Stoffe verkauft worden waren. Fanny ließ sich von der Verkäuferin Nachtkleider zeigen und prüfte den Stoff und die Nähte zwischen den Fingern. Das sei schleißig gemacht, sagte sie zu der Verkäuferin. Schließlich probierte sie doch ein paar Modelle und kaufte das teuerste. Fanny sagte, dieses sei von allen noch am besten gearbeitet. Sie habe die Sachen nicht genäht, sagte die Verkäuferin, während sie das Kleid einpackte. Am Samstag stand Fanny wie immer früh auf und ging in die Stadt. Sie machte ihre Einkäufe auf dem Markt und unterhielt sich mit Bekannten. Manchmal fragte jemand nach der Enkeltochter. Fanny sagte, je älter die Kinder würden, desto weniger bekomme man sie zu Gesicht.

DIE WIRKLICHKEIT ging unverändert weiter. Fanny saß und ging und sprach. Sie riss Unkraut aus der Erde, hängte Wäsche auf und stieg die Treppen in die Stadt hinunter und wieder hinauf. Am Nachmittag machte sie sich einen Kaffee und suchte aus dem Katalog zwei Pullover und eine Bluse aus. Sie füllte das Bestellkärtchen aus und steckte es in ihre Handtasche, um es am nächsten Tag zur Post zu bringen. Sie schnitt außen am Zaun die Thujenhecken, und als ein Nachbar anbot, ihr zu helfen, weil die Schere, mit der sie hantiere, größer sei als Fanny selbst, gab sie ein Scherzwort zurück. Abends betrachtete sie manchmal ihr Gesicht im Spiegel, suchte nach Spuren und fand keine. Sie hätte eigentlich nicht mehr da sein sollen. Fanny ging zum Friseur und ließ sich die Haare nachfärben. Der Friseur fragte nach der Enkeltochter mit dem hennaroten Haar. Fanny sagte, das sei schon lange nicht mehr hennarot, sondern kräftig und dunkelbraun. Wie die Zeit vergeht, seufzte der Friseur.

NACH EINIGEN MONATEN nahm die Enkeltochter die Besuche bei Fanny wieder auf. Sie war alt genug, um allein mit dem Zug in die Kleinstadt zu fahren, und beschwerte sich nie über den langen Fußweg von der Bahnstation zu Fannys Haus. Sie meldete telefonisch ihr Kommen für Freitagnachmittag an, ohne zu sagen, welchen Zug sie nehmen würde. Fanny blieb zuhause, und wenn sie wegging, hinterlegte sie einen Schlüssel in einem Mauerloch neben dem Kellerfenster. Die Enkeltochter fügte sich in Fannys Wirklichkeit ein. Sie sprach nicht mehr so viel wie früher. Immer noch begleitete sie Fanny bei ihren Tätigkeiten, aber sie hielt dabei mehr Abstand. War Fanny im Garten beschäftigt, sah ihr die Enkeltochter von der Terrasse oder vom Sommerzimmer aus zu. Im Sommerzimmer, dem verglasten Raum, verbrachte die Enkeltochter viel Zeit, wenn es warm genug war. Abends im Wohnzimmer ließ sie sich nicht mehr zu Fannys Füßen auf dem Boden nieder, sondern setzte sich auf die Couch, während Fanny auf ihrem Sessel hinter der Tür saß. Nur in die Stadt gehen musste Fanny allein. Dabei wollte die Enkeltochter sie kein einziges Mal begleiten.

FANNY LITT UNTER EINEM SCHWINDEL, der das Gehen und Stehen anstrengend machte, und oft legte sie sich früh schlafen, besonders im Winter, wenn die Dunkelheit bereits am Nachmittag kam. Dann erschien die Enkeltochter im Schlafzimmer und setzte sich auf den Teppich vor Fannys Bett. Vom Vorzimmer drang ein wenig Licht herein. Fanny hatte bemerkt, dass das Mädchen in der Nacht Tonis Zimmertür offen stehen und das Licht im Vorzimmer brennen ließ. Anfangs hatte Fanny wie immer eine Schlafstatt auf der Couch richten wollen. Die Enkeltochter hatte ihr jedoch zu verstehen gegeben, dass sie in Tonis Zimmer wohnen würde. Als sie zum ersten Mal abends zu ihr gekommen war, hatte Fanny vorgeschlagen, sie könne in der anderen Doppelbetthälfte schlafen, aber die Enkeltochter kehrte nach ihren Gesprächen immer in Tonis Zimmer zurück. Es war wie eine Märchenstunde mit vertauschten Positionen. Fanny als die Erzählerin lag im Bett, während sich das Kind, das sich langsam in ein junges Mädchen verwandelte, davor niedergelassen hatte. Die Enkeltochter wollte hören, wie sie Hanna aus dem Wald gerettet hatten. War es sehr kalt? fragte sie. Sie wollte wissen, ob Hanna gestorben wäre, hätten Fanny und der Lehrer sie nicht gefunden. Fanny verneinte, aber die Enkeltochter bestand darauf, dass sie gestorben wäre. Ob Hanna wirklich bei ihnen gewohnt habe wie ein zweites Kind, fragte die Enkeltochter, und wie Toni und Hanna miteinander ausgekommen seien. Er hatte ihr einmal gezeigt, erzählte Fanny, was die beiden im Wald miteinander gemacht hatten. Ansiedlungen, sagte Fanny. Sie erinnerte sich gut, es war gewesen, als entdecke man unter den großen Bäumen die Behausungen von Zwergen. Die Kinder hatten das vielschichtige Wurzelwerk, das Räume und Flächen ergab, in verschiedene Zimmer und Ställe und Weiden eingeteilt. Hinter Zäunen aus dünnen Ästen grasten Tannenzapfen als Kühe, Familien bestanden aus Bucheckern, das waren die Kinder, und kleinen Kieferzapfen, das waren die Eltern. Aus dem weichsten Moos hatten sie Betten für alle Bewohner gefertigt und in den geschützten Ecken oder unter einem Wurzelüberhang platziert.

DIE ENKELTOCHTER FRAGTE, wo Hanna jetzt sei und warum sie nie zu Besuch komme. Sie sei doch auch irgendwie ein Kind von Fanny, sagte die Enkeltochter. Fanny gab ihr den letzten Brief von Hanna, der auf dem Nachtkästchen lag, und die Enkeltochter hielt ihn in der Hand, ohne ihn zu lesen. Es war zu dunkel. Sie war nur ein Jahr bei uns, sagte Fanny. Die Enkeltochter sagte: Trotzdem. Sie wollte die Geschichte von Tonis Einkauf hören, die eigentlich sehr kurz war, aber Fanny bemühte sich, sie so ausführlich wie möglich zu erzählen. Toni war damals fünf oder sechs Jahre alt gewesen, und Fanny hatte ihn zum Gasthaus geschickt, um ein Kilo Mehl zu kaufen. Sie erklärte der Enkeltochter, dass das Gasthaus damals auch ein kleines Geschäft war und dass man dort nicht jedes einzelne Mal bezahlen musste, sondern dass es eine Liste gab, auf der alles aufgeschrieben wurde, und am Monatsende beglich Fanny die Rechnung. Die Enkeltochter fand das so unwahrscheinlich, dass sie es jedesmal hören wollte. Auch Toni hatte damals entdeckt, dass er aufschreiben lassen konnte, sagte Fanny. Er hatte auf dieses und jenes gezeigt und sich schließlich mit seinen Einkäufen auf den Weg gemacht. Irgendwann war er mit leeren Händen zurück zum Schulhaus gekommen. Als sie den Weg zum Gasthaus abgegangen sei, erzählte Fanny der Enkeltochter, habe sie mitten im Wald zwei Kilo Mehl, ein Kilo Zucker und außerdem Grieß und Kochschokolade gefunden. Sie sehe es noch vor sich, sagte Fanny, als die Enkeltochter leise lachte. Mehl, Zucker, Grieß und Kochschokolade. Als sie ihm zu schwer geworden waren, hatte Toni die Sachen einfach neben dem Weg abgestellt und war ohne Einkäufe nachhause gegangen. Fanny und ihre Enkeltochter schwiegen. Auf dem weichen Waldboden warteten Tonis Einkäufe. Fanny verstand nicht, wie er die Sachen überhaupt so weit hatte schleppen können. Als sie die Zuckerpackung hochhob, waren schon Ameisen daran. Die Enkeltochter stand auf, fast ohne ein Geräusch. Auf dem Linoleum im Vorzimmer konnte Fanny ihre Schritte hören.

Die Besuche der Enkeltochter hörten wieder auf. Sie rief auch nicht mehr an. Von Zeit zu Zeit schickte sie Postkarten an Fanny, auf die sie ein paar Zeilen schrieb. Die Schule sei momentan stressig. Fanny wunderte sich über dieses Wort, stressig. Sie las in der Zeitung, dass die Weihnachtsferien und dann die Osterferien begonnen hatten, und wartete, ob die Enkeltochter kommen würde. Aber auch die langen Sommerferien vergingen ohne einen Besuch, und selten kamen noch Postkarten. Fanny wurde von einem Bild geplagt, das auftauchte, sobald sie unaufmerksam war. Wenn sie nicht all ihre Gedanken beisammen hatte, wenn sie müde war, wenn ihre Konzentration nur ein wenig nachließ, war sogleich das Bild da. Toni, wie er als kleiner Bub in seinem Bett lag, wenn sie in sein Zimmer kam und das Licht einschaltete. Er hatte geweint, aber es war ein eigenartiges Weinen, wie ein körperliches Phänomen, das nicht in das Bewusstsein des Kindes drang. Wie ein hohes Fieber, von dem ein Kind nicht begriff, dass es Fieber war, während es über seinen eigenen Zustand unverständig vor sich hindämmerte. Toni lag in seinem Bett, wie sie ihn verlassen hatte. Er schaute Fanny entgegen, als sei er weit weg gewesen und habe Dinge erlebt, die sie nicht erahnen konnte. Fanny wollte zu ihm gehen und sich an der Wärme seines Körpers versichern, dass er nicht abwesend war, und er hätte sich durch die Anwesenheit ihres Körpers versichern können, dass sie ihm nicht abhandengekommen war. Zwischen der Tür, in der Fanny stand, die Hand noch am Lichtschalter, und Tonis Bett lagen nicht mehr als fünf Schritte. Über die fünf Schritte hinweg schaute das Kind sie an und konnte Fanny die Nässe auf seinen Wangen und unter der Nase sehen. Sie hatte nie gewusst, was es war, das ihn in einen solchen Zustand versetzte. Sobald sie unaufmerksam war, sah Fanny dieses Bild vor sich. Jeden Abend bemühte sie sich, direkt von der höchsten Konzentration in den Schlaf zu fallen, aber das Einschlafen war nicht möglich ohne diesen Moment, in dem sie die Gedanken losließ. Sie hatte die Tür geöffnet und das Licht angemacht, da lag Toni, fünf Schritte entfernt, seine Augen weit geöffnet, wie sie eben in die Dunkelheit gestarrt haben mussten, während er weinte, ohne es zu wissen.

Als Fritz bei ihrer ersten Begegnung gesagt hatte, sie schaue so böse, hatte Fanny nur genickt. Fritz hatte gelacht. Fanny hatte sich von ihm auf einen Eisbecher einladen lassen. Ihr war alles recht, was ihre Gedanken beschäftigen und ihre Aufmerksamkeit bündeln konnte. Also saß sie mit Fritz auf dem Hauptplatz der Kleinstadt und hörte zu, was er erzählte. Er war schon in jungen Jahren Witwer geworden. Er erzählte von seiner Frau und dass er früher bei der Eisenbahn gearbeitet hatte. Er ging gerne auf Berge. Er sagte, dass es ihm leidtäte, keine Kinder zu haben. Fanny bemerkte, dass sie ihren Eisbecher leer gegessen hatte. Fritz fragte, ob sie Kinder habe. Weil sie von dem leer gegessenen Eisbecher abgelenkt war, sagte Fanny, einen Sohn. Und wo lebt der, fragte Fritz. Fanny schaute von ihrem Eisbecher auf und Fritz an. Sie sagte, der ist nicht mehr. Sie war bereit, aufzustehen und fortzugehen, aber Fritz nickte nur. Fanny blieb sitzen.

Bei der nächsten Frauenrunde wurde Fanny gefragt, ob sie eine neue Herrenbekanntschaft habe. Fanny sagte: Jetzt seid ihr so alt und habt noch immer nichts anderes im Kopf. Und das sagst gerade du, erwiderte Therese Schuster. Alle lachten. Sie versuchten noch eine Weile, etwas aus Fanny herauszubekommen, aber nachdem Fanny bloß wiederholte, es sei völlig harmlos, wandten sie sich einem anderen Thema zu. Man hatte gehört, dass sich die Frau des Lehrers Roth auf ihre alten Tage scheiden lassen wollte. In diesem Moment begriff Fanny etwas. Sie fragte sich, wie sie all die Jahre nicht hatte sehen können, dass die Frauen gar nicht verwerflich fanden, was sie, Fanny, tat, sondern dass sie nur verzweifelt gerne Geschichten hören wollten. Wenn sie noch einmal nachgefragt hätten, hätte Fanny ihnen vielleicht doch von Fritz erzählt. Aber die Frauen sprachen mittlerweile über die Eröffnung eines Supermarktes in der Pfarrgasse. Fanny sagte, der Supermarkt werde die richtigen Geschäfte ruinieren. Die anderen wollten das nicht glauben. Fritz jedoch gab Fanny recht, als sie am nächsten Tag einen Spaziergang unternahmen. Sie waren ein Stück aus der Stadt hinaus und in die Hügel gefahren und blickten, als die Sonne schon nicht mehr da war, von einer Anhöhe über die Landschaft. Zwei Felder wurden durch einen langen Steinwall unterteilt und zugleich verbunden. Wie über eine Brücke hätte man, von Stein zu Stein schreitend, von einem Feld aufs andere hinübergehen können. Die Sträucher auf dem Steinwall zeichneten ihre Verästelungen schwarz vor den dunkelblauen Abendhimmel. Über allem war ein Ton von Violett. Fanny verstand, dass diese Färbung im warmen Grau der Steine enthalten war und in der Dämmerung an die Luft abgegeben wurde. In den Nächten träumte sie weiterhin von Tonis Zimmer im Schulhaus und von seinem Blick, als sei ihm etwas angetan worden und sie, Fanny, habe es nicht verhindert. Im Traum aber konnte sie zu ihm gehen und ihn auf den Schoß nehmen und zwischen Brust und Armen bergen. Fritz sagte, Fanny habe eine königliche Haltung, aber sie spürte die Beugung im Nacken, gegen die sie nicht mehr ankam. Sie strengte sich auch nicht mehr so an. Manchmal fühlte sie sich sehr müde, obwohl sie weniger zu tun hatte als früher. Das Leben war einfacher geworden. Es gab kein Schulhaus und kein Forsthaus, nur ihr ebenerdiges Häuschen, das nicht viel Arbeit machte. Es war vielleicht, dachte Fanny, die Müdigkeit aus all den Jahren, die nachwirkte.

Einmal erzählte Fanny Fritz von jemandem aus der Kleinstadt, den sie dem Namen nach kannten und der Hand an sich gelegt hatte. Fanny sagte, er habe sich weggedreht. Fritz sah sie erstaunt an. Im Dorf hatte man es so genannt: einer hat sich weggedreht. Das dürfe man nicht, sagte Fanny. Aber Fritz meinte, wenn einer nicht mehr leben wolle, müsse man ihm nicht auch noch eine Todsünde um den Hals hängen. Armer Teufel, sagte Fritz. An die Religion hatte Fanny dabei gar nicht gedacht. Wegen dem Stolz, sagte sie. Der Stolz verbiete es einem Menschen. Der Stolz, meinte Fritz, habe noch niemandem gutgetan. Fanny schaute auf den Boden, als habe Fritz mit seinem Satz den Stolz vom Tisch dorthin gewischt. Sie saßen in einem Gastgarten unter Kastanienbäumen. Bevor sie Fritz kannte, hatte Fanny nicht gewusst, dass man am Vormittag kurzerhand ins Auto steigen und über die Grenze fahren konnte. Sie hatte irgendwann in der Zeitung gelesen, dass die Grenze nicht mehr geschlossen war, aber sie hatte nicht gewusst, dass man tatsächlich für einen Ausflug in das andere Land hinüberfahren konnte. Man fuhr an einem Fluss entlang, über den sich die Äste der Bäume beugten, und Fanny glaubte, noch nie etwas so Schönes gesehen zu haben wie das Licht- und Schattenspiel von Blättern und Sonne auf dem dunklen Wasser, das wegen des Moorbodens golden glänzte. Sie hatte nicht gewusst, dass man nur eine Stunde zu fahren brauchte, um woanders zu sein, wo man in einem Garten sitzen und nichts verstehen konnte, weil rundum eine fremde Sprache gesprochen wurde, und dass man, wenn der Tag zu schön gewesen war, um zurückzufahren, ein Zimmer in einer Pension nehmen und über Nacht bleiben konnte. Fritz amüsierten all die Sorgen, die Fanny sich machte. Es sei eine Kunst, sagte Fritz, sich so viel zu sorgen.

FANNY BETRACHTETE DIE HANDTASCHE, die sie zu ihren Füßen in den Kies gestellt hatte. Der Kies war hellgrau, fast weiß, und die Tischbeine waren dunkelgrün gestrichen. Fritz bestellte bei der Kellnerin ein kleines Bier für Fanny. Er beherrschte die fremde Sprache ein wenig. Fanny lächelte die Handtasche an, die neben dem dunkelgrünen Tischbein im Kies stand. Sie aßen Würste, und Fritz freute sich über Fannys Appetit. Vielleicht würde sie auf ihre alten Tage noch mollig. Fanny freute sich an diesem Gedanken, als tue sie damit jemandem etwas zufleiß. Jedesmal, wenn sie hier waren, wanderten sie zu der Burg hinauf, die mitten in der Stadt auf einem Hügel stand. Innerhalb der Burgmauern wurde an langen Tischen alles Mögliche verkauft, hauptsächlich aber Erzeugnisse aus Glas, denn für das Glas war die Gegend hier berühmt. Einmal hatte Fritz bei einem der Händler etwas gekauft, ohne dass Fanny es bemerkt hatte. Als sie später im Gastgarten unter den Kastanienbäumen saßen, stellte er ein kleines gläsernes Pferd auf die Tischdecke. Das Pferd war nicht größer als Fannys kleiner Finger und bäumte sich auf. Wenn man es auf einen ebenen Untergrund stellte, blieb es auf den Hinterbeinen stehen. Fritz wollte zum Dank einen Kuss von Fanny. Sie gab ihm ihre Hand, und er drückte seinen Handrücken, mit ihrer Hand darin, an ihre Wange.

FANNY HATTE FRITZ EINGELADEN, an einem Sonntag zu ihr zu kommen, um Nusstorte im Sommerzimmer zu essen. Fritz bemerkte ein Foto der Enkeltochter im Wohnzimmer. Fanny sagte, es sei eine alte Aufnahme. Das Kind war darauf zehn oder zwölf. Fritz sagte, er würde die Enkeltochter gern kennenlernen. Sie sei schon lange nicht mehr bei ihr gewesen, sagte Fanny, sie würde von ihr ferngehalten. Sie dürfe offenbar nicht einmal anrufen. Fritz fragte, ob Fanny versucht habe, sie anzurufen. Fanny erklärte ihm, dass sie keine gültige Nummer habe, weil die Mutter mit der Tochter umgezogen sei. Sowas, sagte Fritz. Fanny blickte hinaus in den Garten. Sie hätte sehen müssen, dass das Unglück dort schon herumstrich und sich hinter dem Stamm des Zwetschkenbaums verbarg. Andererseits wusste Fanny doch am besten, dass niemand dem Unglück gewachsen war, dass es im Dunkeln sehen konnte und sich immer zurechtfand, dass es Pfade kannte, die allen anderen verborgen waren, und dass es aus dem Nichts auftauchen konnte, wie man es dem Teufel nachsagte. Als das Unglück ihr den Lehrer genommen hatte, waren am nächsten Morgen drei Männer in Fannys Küche gestanden, darunter der Pfarrer, der ihre Hand nahm und nicht mehr loslassen wollte, und das ganze Dorf hatte mit Fanny getrauert. Als Fritz mit dem Wagen verunglückte, kam niemand auf die Idee, Fanny zu verständigen. Nur weil Fanny mit dem Unglück so gut bekannt war und nach zwei Tagen im Krankenhaus anrief, erfuhr sie von ihrem Verlust.

Du kannst doch nicht nie über irgendetwas reden, sagte die Enkeltochter zu Fanny, als sie das erste Mal nach mehreren Jahren wieder zu ihr kam. Sie hatte angerufen und gefragt, ob sie Fanny am nächsten Tag besuchen dürfe. Fanny hatte in der Konditorei Mehlspeisen gekauft und einen Kaffeetisch gedeckt, im Wohnzimmer, weil es zu kalt war, um im Sommerzimmer zu sitzen. Die Enkeltochter hatte an der Haustür geläutet und gewartet, und als Fanny die Tür öffnete, stand ein junges Mädchen vor ihr mit dunklem Haar und dunklen Augen. Fanny hielt eine Hand mit der anderen fest. Die Enkeltochter umarmte Fanny. Sie sagte, als Kind habe sie ihr immer die Hand gegeben. Das sei doch eigenartig, sagte die Enkeltochter. Sie lächelte. Sie wollte ihren Kaffee schwarz, ohne Milch und ohne Zucker. Sie erzählte Fanny, dass sie einige Tage im Dorf verbracht hatte, weil sie etwas über ihre Herkunft hatte herausfinden wollen. Du und mein Vater, sagte sie, ihr habt nie über die Vergangenheit gesprochen, oder? Mein Vater, hatte sie gesagt. Fanny dachte an Toni, wie er mein verstorbener Vater sagte. Fanny schwieg. Das Kind war im Dorf gewesen, allein. Sie wollte nichts davon hören. Sie hatte Angst, dass es Namen nennen würde, dieselben Namen, die sich in Märchennamen verwandelt hatten, wenn sie dem Kind Geschichten erzählte. Da saß ihre Enkeltochter, aufrecht und aufmerksam, und bereitete sich vor, etwas zu sagen. Fanny verstand nicht, warum alle ständig in der Vergangenheit wühlen wollten, die Fannys Vergangenheit war. Fanny hatte mit dem Kind die Märchen aus dem Dorf geteilt, und nun befand die Enkeltochter, das genüge nicht. Nun hatte sie sich allein aufgemacht, weil sie glaubte, etwas herausfinden zu können. Wie es wirklich gewesen war. Dabei gab es doch das Dorf überhaupt nicht mehr. Fanny wusste nicht, wie sie das dem Kind begreiflich machen konnte.

Fanny wollte nach der Kaffeetasse greifen und bemerkte, wie sehr ihre Hand zitterte. Sie legte die Hand wieder in den Schoß. Warum bist du nicht zum Begräbnis gekommen, fragte die Enkeltochter. Fanny sagte, niemand habe ihr gesagt, wann es stattfinde. Sie sei außerdem krank gewesen, sie habe eine schwere Grippe gehabt. Niemand habe sich um sie gekümmert. Oma, sagte das Kind. Es klang mahnend, wie eine Lehrerin, die einen Schüler auffordert, doch besser nachzudenken. Fanny schwieg wie ein verstockter Schüler, der nicht nachdenken will. Bist du nicht gekommen, weil er sich umgebracht hat, fragte die Enkeltochter. Du Kind, sagte Fanny schnell und böse und wandte sich wieder ab. Sie schaute in den Garten hinaus. Oma, sagte das Kind wieder. Fanny stand auf. Nein, sagte sie, nein. Sie sah der Enkeltochter in das junge Gesicht, in die dunklen Augen, die sie von Toni, von ihr, vom Vater geerbt hatte. Nein. Du weißt nichts, sagte Fanny. Ihr war heiß. Sie spürte den Schweiß am Rücken und an der Innenseite der Oberarme, am Bauch. Das Kind sah sie an. Es blieb sitzen und schaute zu ihr hinauf. Dann bewegte es einmal den Kopf, wie ein leichtes Nicken. Fanny ging in die Küche. Sie holte einen Krug mit Saft. Die Enkeltochter blieb über Nacht. Sie schlief in Tonis Bett, in dem Zimmer, das unverändert war.

IN DIESER NACHT fand Fanny sich im Schulgarten wieder. Sie kniete zwischen den Beeten und jätete Unkraut. Das Bücken war mühsam wegen des gewölbten Bauches. Fanny richtete sich immer wieder auf, machte lange Pausen und stützte die Hände in die Seiten. Sie schwitzte, sie hatte noch nie so viel geschwitzt wie in diesem Sommer, in dem sie in der Hoffnung war. Es würde noch heißer werden heute, noch war nicht einmal Mittag. Jemand rief Fannys Namen: Fannerl. Die Mutter stand in der Tür, die vom Klassenzimmer in den Garten führte. Ob sie den Vater gesehen habe, fragte die Mutter. Wieso sollte der Vater hier in der Schule sein? Die Mutter sagte, sie habe ihn seit dem Morgen nicht gesehen. Er sei nicht im Bett gelegen, als sie aufgewacht sei. Sie schlafe normalerweise nicht so tief, fügte die Mutter hinzu, als müsste sie sich entschuldigen. Die Übelkeit spülte Fanny saure Flüssigkeit in den Mund. Fanny schluckte die Flüssigkeit, was die Übelkeit noch verstärkte. Der Vater sei vielleicht in den Nachbarort gegangen, sagte sie zur Mutter. Auch der Lehrer wusste nichts und meinte, wahrscheinlich sei der Vater im Nachbarort und komme noch vor dem Abend zurück. Die Mutter blieb bei Fanny und half ihr in der Küche. Als sie beim Erdäpfelschälen saßen, sagte die Mutter, am liebsten würde sie nie wieder hinuntergehen. Sie meinte den Hof in der Senke. Es sei kein schönes Leben mit den Malauns. Als der Vater bis zum Abend nicht aufgetaucht war, gingen die Männer ihn suchen. Fannys Mutter blieb im Schulhaus.

ZWEIMAL RICHTETE FANNY das Frühstück für sich und den Lehrer und die Mutter. Am ersten Tag kochte sie einen großen Topf Suppe für die Schulkinder, am zweiten Tag wärmte sie die Suppe auf. Am ersten Tag gab es außerdem geschnetzeltes Fleisch, am zweiten Tag machte Fanny mehrere Auflaufformen voller Scheiterhaufen, um das trockene Weißbrot zu verarbeiten. Die Mutter half Fanny bei der Arbeit und drängte sie zum Essen. Fannys Magen hatte sich in einen festen Klumpen verwandelt. Sie bat die Mutter, für den Scheiterhaufen Kompott aus dem Keller zu holen, und probierte einen Löffel. Es war Birnenkompott aus dem vorigen Jahr, es musste sehr süß sein, aber Fanny schmeckte nur die saure Flüssigkeit, die die Übelkeit ihr ständig in den Mund spülte. Das Kind in Fannys Bauch bewegte sich nicht. Fanny sagte es niemandem. Nach dem Unterricht ging der Lehrer am Nachmittag mit den anderen Männern in den Wald, um nach dem Vater zu suchen. Zweimal kamen sie zurück, als es dunkel wurde. Fanny und die Mutter saßen im Wohnzimmer. Der Lehrer setzte sich zu ihnen. Er wechselte ein paar Worte mit der Mutter. Fanny hatte die Hände seitlich an ihren gewölbten Leib gelegt. Der Lehrer zählte der Mutter auf, wo die Männer heute gesucht hatten. Sie waren weit gegangen. Fannys Mann und die Mutter schwiegen. Fanny schluckte gegen die Übelkeit an. Schließlich sagte der Lehrer, er gehe noch auf einen Sprung ins Wirtshaus. Fanny und die Mutter waren wieder allein. Die Mutter erledigte alle Stopfarbeiten, die Fanny in einem Korb gesammelt hatte. Fanny schluckte. Sie gingen zu Bett, doch die Übelkeit ließ Fanny nicht schlafen. Ihr Bauch war schwer und hart. Am dritten Tag kam Hans Malaun. Er hatte den Bauern gefunden, auf dem Dachboden. Er sagte: der Bauer. Fanny bemerkte es. Er wusste, dass der Vater der rechtmäßige Herr auf dem Hof in der Senke war. Fanny hasste Hans Malaun, der dastand und seinen Hut in der Hand hielt. Der Vater hatte nur einen Hut getragen, wenn er in die Kirche gegangen war, zu einer Hochzeit, einer Taufe oder auf dem Friedhof. Ein Bauer trug keinen Hut bei der Arbeit. Fanny wollte Hans Malaun seinen Hut aus der Hand schlagen. Sie wollte ihm seinen Hut um den Kopf hauen. Sie biss die Zähne zusammen und schluckte die saure Flüssigkeit, die ihr ständig den Mundraum ausfüllte.

AM NÄCHSTEN MORGEN schmerzten Fanny Schultern und Nacken. Die Enkeltochter ging fort und kam zu Mittag wieder. Sie saßen am Küchentisch und tranken noch einmal Kaffee. Die Enkeltochter legte ein Buch auf den Tisch, ein Geschenk für Fanny. Es hatte leere Seiten und einen Einband voller Gold und Gelb. Die Enkeltochter sagte, vielleicht wolle Fanny darin die Dinge aufschreiben, über die sie nicht sprechen könne. Das Buch lag zwischen ihnen auf dem Tisch. Die Enkeltochter nahm in der Stille einen Schluck von ihrem Kaffee. Fanny sagte: Fritz ist gestorben. Wer? fragte die Enkeltochter. Fanny begriff, dass die Enkeltochter Fritz nicht gekannt hatte. Sie wusste nicht, ob es außer ihr selbst noch jemanden gab, der sich an Fritz erinnerte. Ihre Toten waren in der Überzahl, dachte Fanny, während die Enkeltochter das Geschirr wegräumte und abwusch. Und es wurden immer mehr. Das Leben bestand daraus, dass man immer mehr Tote ansammelte, bis man ihr Gewicht nicht mehr tragen konnte. Die Enkeltochter packte ihre kleine Reisetasche zusammen und stellte sie zur Tür. Sie hatte Fanny erzählt, sie würde ins Ausland gehen. Sie versprach zu schreiben. Zum Abschied beugte sie sich hinunter und legte ihre Arme um Fanny.

WIEDER EINMAL WAR EIN BRIEF von Hanna gekommen. Wie immer berichtete sie aus ihrem Leben. Der Bub sei schon selbstständig und werde bald ausziehen, und sie habe viel Arbeit. Sie fragte, wie es Fanny ergehe. Sie denke nach wie vor voller Dankbarkeit an die Schulmeisterin und ihren Mann. Fanny setzte sich an den Küchentisch, um einen Antwortbrief zu schreiben. Sie schrieb, Hanna solle sich freuen, noch so viel Kraft zu haben, sie selbst erlebe jetzt, wie die Kräfte schwinden. Sie sei schon eine Weile nicht am Grab des Lehrers gewesen, weil die Fahrt zu anstrengend sei. Man werde eben alt, schrieb Fanny, und sie wünsche Hanna alles Gute und mehr Glück, als sie selbst gehabt habe. Ein paar Tage, nachdem Fanny den Brief in den Postkasten geworfen hatte, läutete das Telefon, und eine Frauenstimme sagte: Hier ist Hanna. Nein, sowas, sagte Fanny. Sie habe sich so sehr über Fannys Brief gefreut, sagte Hanna. Sie plauderten, Hanna erzählte von sich. Schließlich fragte sie, ob Fanny Hilfe brauche. Nein, wehrte Fanny ab, sie schaffe noch alles. Ob sie trotzdem einmal kommen dürfe, um sie zu besuchen, fragte Hanna. Zwei Wochen später war sie da und lachte Fanny aus. Als sie sich in der Tür gegenüberstanden, lachte Hanna einmal auf, betrachtete Fanny eingehend und lachte weiter. Schulmeisterin, rief sie, du bist ja ein altes Weiblein geworden! Sie umarmte Fanny ein wenig zu fest, und während sie ihren Mantel in der Garderobe auszog und aufhängte, sah Fanny ihr zu und sagte: Ganz jung bist du aber auch nicht mehr. Achwas, sagte Hanna, ich bin in den besten Jahren. Sie setzte Kaffee auf, hatte sofort gesehen, wo Fanny in der Küche die Sachen aufbewahrte, und packte den Kuchen aus, den sie mitgebracht hatte. Fanny folgte Hannas Blick, der das Haus einer unauffälligen Musterung unterzog. Sie kannte diesen Blick von sich selbst. Wenn sie irgendwo eingeladen war, hatte Fanny früher auch den Grad an Sauberkeit festgestellt. Fanny hatte sich bemüht, vor Hannas Besuch ein wenig aufzuräumen, aber sie konnte nicht mehr auf den Knien Böden wischen. Sie bemerkte Hannas Blick, der das Zittern von Fannys Händen erfasste, und es entging Fanny nicht, dass Hanna, als sie darauf bestand, das Kaffeegeschirr abzuwaschen, die Gelegenheit benutzte, um das ganze Waschbecken und die Arbeitsfläche daneben zu putzen. Fanny erinnerte sich, wie sie dem Mädchen damals Stopfen und Nähen beigebracht hatte. Hanna erkundigte sich, wie oft Fanny einkaufen ging. Sie fragte, ob Fanny Hilfe bräuchte, um sich die Haare zu machen. Fanny hatte erwähnt, dass sie die Arme nicht mehr über den Kopf heben konnte. Sie war schon lange nicht mehr beim Friseur gewesen. Früher hatte sie ihre Haare färben lassen und deshalb nicht bemerkt, wie sie immer grauer wurde. Nun hatte sie weißes Haar mit dunkleren Strähnen, und sie hatte beschlossen, dass eine alte Frau den Friseur nicht mehr wert war. Aber auch das Waschen war mühsam geworden. Ob Hanna ihr einmal die Lockenwickler legen könne, fragte Fanny. Sie könnte dann vielleicht ins Kaffeehaus gehen. In diesem Moment konnte Fanny sich vorstellen, wieder einmal ihre Frauenrunde zu besuchen. Man traue sich ja nicht mehr unter die Leute, wenn man so verfallen sei, sagte Fanny. Hanna lachte, und alles schien leichter zu sein als sonst. Hanna versprach, nächstes Wochenende wiederzukommen und Fanny ein wenig zu helfen. Das könne sie nicht von ihr verlangen, sagte Fanny. Hanna erwiderte, Fanny habe ihr das Leben gerettet, dafür könne sie ziemlich viel verlangen.

Als Hanna weg war, setzte Fanny sich auf ihren Sessel hinter der Wohnzimmertür. Sie wollte das leichte Gefühl auskosten, solange es anhielt. Fanny stellte sich vor, wie sie nächste Woche ins Kaffeehaus gehen und die Frauen sie fröhlich begrüßen würden. Die Schusterin würde fragen, wo Fanny so lange gesteckt habe, und dann hätten die Frauen über jeden, der das Kaffeehaus betrat, etwas zu sagen, sobald er es wieder verlassen hatte. Fanny wurde bewusst, dass die Frauen in ihrer Vorstellung so aussahen, wie sie vor zehn oder fünfzehn Jahren gewesen waren. Ihr fiel ein, dass Grete Liebminger bereits gestorben war. Nein, sie würde nicht hingehen. Es genügte, dass sie auf der Straße Leute traf, wenn sie in die Stadt ging. Immer war da dieser suchende Gesichtsausdruck, weil man nicht glauben konnte, dass der andere so alt geworden war, und weil man vor allem nicht glauben wollte, dass man selbst ebenso gealtert war. Und immer die vergebliche Hoffnung, wenn man sich begrüßte und miteinander redete, es könnte etwas Früheres auferstehen, das doch in Wirklichkeit verloren war.

HANNA KAM REGELMÄSSIG am Wochenende zu Besuch. Jedesmal ging sie mit dem Staubsauger durch das ganze Haus und putzte Klo und Badezimmer, und bei jedem Besuch erledigte sie auch eine größere Arbeit, nahm etwa die Vorhänge ab, brachte sie in die Reinigung, holte sie bei ihrem nächsten Besuch wieder von dort und hängte sie zurück an die Vorhangstangen. Während Hanna saugte und putzte, ging Fanny im Haus herum, blieb bei Hanna stehen und wollte ihr helfen. Setz dich ins Wohnzimmer, Schulmeisterin, sagte Hanna, ich mache das schon. Aber Fanny konnte sich nicht hinsetzen, während Hanna arbeitete, auch wenn ihr Herumgehen und Danebenstehen nutzlos waren. Hanna half Fanny beim Haarewaschen, und danach setzte Fanny sich in ihren Sessel hinter der Wohnzimmertür, der nach vorn gerückt wurde, damit Hanna Platz hatte, die Lockenwickler in Fannys Haare zu drehen. Zum Schluss schnitt Hanna ihr noch die Zehennägel, denn nicht nur das Heben der Arme, auch das Bücken war schwierig geworden. An manchen Wochenenden fuhren sie in Hannas Wagen zum Friedhof. Fanny hatte die Friedhofsbesuche nie gemocht, aber seit sie vor einigen Jahren das Grab der Eltern aufgelassen hatte, wäre sie am liebsten gar nicht mehr gekommen. Fanny hatte das Grab der Eltern aufgelassen, weil sie schon lange tot waren und weil es so üblich war. Außerdem gab es niemanden, nach Fanny, der sie noch besuchen würde. Es war eine vernünftige Entscheidung gewesen. Doch Fanny hätte wissen müssen, dass das Unglück die Vernunft nur benutzte, um Fallen zu stellen. Als nächstes war Hans Malaun gestorben. Niemand hatte es Fanny gesagt, niemand wusste auch, dass es eine Rolle spielte. Ein Grab wurde aufgelassen, der nächste Tote wurde hineingelegt. Das war immer schon so gewesen, die Toten fanden auf dem Friedhof nicht, wie man sagte, die letzte Ruhestätte, sondern übergaben ihren Platz nach einer gewissen Zeit an die nächsten. Es war deshalb ein Zufall, dass Hans Malaun das Grab von Fannys Eltern übernahm. Doch Fanny und das Unglück wussten es besser.

Als Hans Malaun starb, fuhr Fanny noch mit dem Bus zum Friedhof. Schon vom Friedhofstor aus hatte sie gesehen, dass man an der Stelle, wo das Grab der Eltern gewesen war, einen frischen Erdhügel aufgeschüttet hatte. Fanny war quer über den Friedhof zum Grab ihres Mannes gegangen, das jetzt ihr einziges Grab war. Sie hatte sehen wollen, wer nun neben dem Lehrer lag. Auf dem hellen Holzkreuz war der Partezettel angebracht gewesen, darauf ein Foto von Hans Malaun mit seinem Hut. Seinem ewig unpassenden Hut. Fanny hatte auf Hans Malauns Grab gespuckt. Sie hatte sich vorher nicht umgesehen, ob jemand in der Nähe war, sie hatte gar nicht gewusst, dass sie spucken würde. Sie hatte nicht gewusst, dass sie spucken konnte. Aber sie sah ihren Speichel auf dem Kranz für den lieben Vater. Auf dem goldenen V glänzte Fannys Speichel. Im darauffolgenden Jahr wurde erneut ein frischer Hügel aufgeschüttet, und man legte Rosa Malaun zu ihrem Mann ins Grab. Einige Monate später war der Grabstein fertig. An der Stelle, an der früher die Namen der Eltern gestanden waren, las Fanny nun jedesmal: Hans Malaun und Rosa Malaun. Gleich geblieben waren der Name des Dorfes und die Zahl, die Hausnummer des Hofes in der Senke. Jedesmal bemühte Fanny sich, nicht hinzuschauen, und jedesmal geschah es, dass sie in einem Moment der Unaufmerksamkeit, ohne gewappnet zu sein, aus den Augenwinkeln die Adresse wahrnahm. Den Dorfnamen und die Hofnummer, die auf allen Urkunden vermerkt waren, auf ihrer eigenen Geburtsurkunde und der des Bruders, auf der Sterbeurkunde des Vaters und allen Urkunden von vier Generationen vor ihnen. In der Sterbeurkunde der Mutter hatten der Dorfname und die Hofnummer in der Spalte »zuletzt wohnhaft« gestanden. Über demselben Dorfnamen und derselben Hofnummer war nun in den grauen Stein gemeißelt: Hans Malaun und Rosa Malaun.

Auf dem Weg zum Friedhof hatten Fanny und Hanna Blumen gekauft. Nun jätete und harkte Hanna, und Fanny bückte sich, mit dem Rücken zum Nachbargrab, so gut es ging, und beschnitt den Rosenstock, denn Hanna wusste nicht, wie man das machte. Fanny zupfte welke Blätter von dem Rosenstock, und Hanna ging davon, um am Brunnen Wasser zu holen. Während sie weg war, zündete Fanny das Grablicht an. Das wollte sie nicht Hanna überlassen, aber sie mochte es auch nicht, wenn Hanna geduldig wartete, bis sie es mit ihrer unruhigen Hand endlich geschafft hatte, den Docht zu entzünden. Als sie fertig waren, schlug Hanna vor, weiter in das Dorf zu fahren und dort im Gasthaus zu Mittag zu essen. Fanny wollte nicht. Hanna bat darum. Sie sei so lange nicht mehr im Dorf gewesen. Seit sie das letzte Mal im Schulhaus übernachtet habe, nicht mehr. Fanny schaute Hanna an. Noch so eine Vergangenheitsfahrerin. Wie die Enkeltochter, wie Toni auch. Alle wollten sie hingehen, wo irgendwann einmal etwas gewesen war, und begriffen nicht, dass eine Rückkehr unmöglich war. Hanna sagte, es würde Fanny guttun, zu sehen, dass alles noch da war, dass nichts Schlimmes passierte, wenn man dorthin fuhr. Fanny musste zu Hanna in den Wagen steigen, auch wenn sie nicht mit ihr ins Dorf fahren wollte. Sie musste sich von Hanna beim Einsteigen helfen lassen, so sehr hatte ihr Körper sie schon im Stich gelassen. Dieser Körper wurde nun an einen Ort gefahren, an dem er zuletzt vierzig Jahre jünger gewesen war. Fanny wusste, so etwas war ungehörig. Es war gegen die Gesetze der Zeit. Hanna redete fröhlich, während sie den Wagen über die schmale Straße mit den vielen Kurven lenkte. Fanny sah das Dach des Mühlenhofes. Alles war wieder da. Das stille Land war plötzlich voller Geräusche, es schwirrte in den Ohren. Fanny wusste, das war die Vergangenheit, die noch immer in der Luft lag.

HANNA BOG AUF DEN NOCH SCHMALEREN WEG, der am Waldrand entlang führte. Fanny hörte wegen des Lärms in der Luft nicht mehr, was Hanna sagte. Sie sah die steinerne Kapelle. Vor dem Schulhaus war ein asphaltierter Parkplatz. Hier stellte Hanna das Auto ab. Über der Eingangstür des Schulhauses hatte man ein Schild angebracht: Gasthaus Alte Schule. Hanna half Fanny beim Aussteigen, obwohl Fanny nicht aussteigen wollte. Sie nahm Fanny am Arm und ging mit ihr hinein. Wo früher das Klassenzimmer mit den Pulten gewesen war, war nun ein großer Raum voller Tische und Stühle, an den Wänden gepolsterte Sitzbänke. Auf den Tischen standen schwere, geschliffene Aschenbecher aus Glas und Salz- und Pfefferstreuer. Fanny und Hanna wurden begrüßt, doch erst, als sie sich gesetzt hatten, kam eine Frau in weißer Schürze auf sie zu und sagte: Meine Güte, die Schulmeisterin! Als Hanna sie fragte, ob sie sich noch erinnere, sagte sie: Nein, die Hanna! Und Hanna lachte und freute sich. Durch die Fenster der Gaststube sah man in den Schulgarten hinaus. Darin stand ein Gartenhäuschen. Fanny wusste nicht, wer all die Menschen waren, die zu ihr und Hanna an den Tisch kamen und vorgaben, mit ihr bekannt zu sein und sich auch an Hanna zu erinnern. Fanny hatte mit diesen Leuten nichts zu schaffen. Aber an den Wänden der Gaststube hingen Fotografien in Schwarz und Weiß. Auf jedem Bild waren in mehreren Reihen Kinder aufgestellt, die den Betrachter ernst und verschlossen anblickten. Hungrig sahen die Kinder aus, am schlimmsten während des Krieges, aber auch noch in den Jahren danach. Fanny hatte für sie gekocht, dort, wo jetzt eine Garderobe war. Auf einigen Bildern war Toni unter den Kindern. Auf den meisten Fotos stand neben den Kindern der Lehrer. Er hatte den Kopf gehoben und das Kinn nach vorne gestreckt, und ein Windstoß riss an seinen Haaren, sodass man die Geheimratsecken gut sehen konnte. Die Kinder sahen auf allen Bildern aus, als frieren sie. Der Lehrer trug seinen schweren Filzjanker. Immer wieder kam jemand zu Fanny und Hanna an den Tisch und begrüßte sie, nannte Fanny Schulmeisterin, fragte nach

Toni. Tonei, sagten die Menschen hier, wie sie ihn als kleinen Buben genannt hatten. Fanny ließ Hanna reden. Sie fühlte sich in einen entsetzlichen Vergangenheitswachtraum verschleppt, in dem lauter Tote vorüberdefilierten und ihr unbedingt die Hand geben wollten.

EIN MANN STÜTZTE SICH mit beiden Händen auf den Tisch, an dem Fanny und Hanna saßen. Er war beleibt und atmete schwer. Sein Haar war grau, er mochte um die sechzig Jahre alt sein. Frau Lehrer, sagte er, du kennst mich nicht mehr, gelt? Er lächelte und wartete auf Fannys Reaktion. Der Mühlenhofbauer, sagte er dann. Fanny nickte. Sie hatte hier nichts zu sagen. Hanna redete, sie unterhielt sich mit dem Mann, der dabei unverwandt zu Fanny blickte. Fanny hatte eine ferne Erinnerung an den Mühlenhofbauer, aber etwas stimmte damit nicht. Der Mühlenhofbauer war kein alter Mann und außerdem nicht dick. Der Mühlenhofbauer, fiel ihr ein, war älter als sie selbst. Endlich begriff Fanny, dass der Junge vor ihr stand. Der junge Mühlenhofbauer mit dem kalkweißen Gesicht. Du meine Güte, sagte Fanny leise, und der dicke Mühlenhofbauer, der damals an den Zaun des Schulgartens gekommen war, schaute sie noch immer an. Lebt die Anna Pran noch, fragte Fanny. Der Mann schüttelte den Kopf. Die sei schon mindestens zehn Jahre tot, sagte er. Fanny glaubte ihm nicht. Sie glaubte ihnen allen nicht, auch der Wirtin nicht, die behauptete, ein junges Mädchen zu sein, das damals nach der Hauptstadt verschwunden war. Sie behaupteten außerdem, der Pfarrer sei seit zwanzig Jahren oder mehr in Pension. Schließlich kam einer herein, den sie ihr als den neuen Förster vorstellten. Es war ein junger, gut aussehender Mann, der sagte, er habe von ihr gehört, von der Schulmeisterin. Hanna lachte und seufzte. Alle zehn Minuten sagte sie, wie die Zeit vergeht.

ALS SIE DAS GASTHAUS ENDLICH VERLASSEN HATTEN und wieder auf dem asphaltierten Platz standen, sagte Hanna, jetzt könnten sie noch Liese besuchen. Fanny ging langsam. Hanna musste doch merken, wie schwach sie war. Wie lange sie Liese schon nicht mehr gesehen habe, fragte Hanna. Fanny gab keine Antwort. Das Gebäude der alten Meierei stand noch. Die Holzschuppen im Hof hatte man abgerissen. Dadurch war der Blick über die Senke freigegeben worden. Der Hof dort hatte ein Gebäude zu viel. Hanna folgte Fannys Blick und sagte: Die haben dazugebaut. Liese bewirtete sie mit Strudel und Kaffee. Das ist eine Freude, sagte sie und berührte Fannys Schulter, als sie an ihr vorbeiging, um kleine Gabeln auf den Tisch zu legen. Sie ließ sich seufzend auf einem Stuhl nieder. Sie habe es mit der Hüfte, sagte Liese und klopfte auf ihren Oberschenkel. Fanny konnte nicht aufhören, diese Frau anzusehen, die einmal ihre Freundin gewesen sein sollte. Es war wie ein grausiger Traum, in dem alle Gesichter sich verzerrten und Fanny ihnen hilflos beim Altern zusehen musste. Ihr gegenüber saß eine alte Frau vom Land, mit weißen Haaren und Kittelschürze. Das war doch nicht Liese. Liese war abends zu Fanny gekommen, sie hatten in der Schulküche Heidelbeerlikör getrunken, und Liese hatte von ihren Abenteuern erzählt, von den Männern, die sie per Annonce suchte, um Ausflüge zu unternehmen. Vor Liese hatten alle ein wenig Angst, weil ihr Mann sich in ihrem Beisein erschossen hatte, und es gab im Dorf Männer, die sie nachts besuchten, aber nicht einmal Fanny wusste mit Sicherheit, welche das waren. Fanny sah eine junge Frau vor sich, die hektisch die Arme bewegte, als bekäme sie keine Luft mehr, und dann lachend auf ihren Stuhl zurückfiel. Das war Liese. Die alte Frau, die Fanny gegenüber saß, hatte sie etwas gefragt. Fanny gab eine Antwort, die sie selbst nicht hören konnte. Sie trug eine Larve, die allen vorgaukelte, sie hätten die alte Schulmeisterin vor sich. Sie war betäubt von einer Mischung aus Müdigkeit und Entsetzen.

Nach dem Besuch im Dorf hatte Fanny sich lange bemüht, die durcheinandergekommenen Dinge wieder richtig zuzuordnen, aber es gelang ihr nur teilweise. Sie wusste nicht mehr mit Bestimmtheit zu sagen, ob Therese Schuster ihre Nachbarin in der alten Meierei war oder doch in die Kleinstadt gehörte, und warum das Wirtshaus sich nicht mehr in dem Gebäude am Dorfeingang befand. War der Oberförster jener, der erst im Jahre zweiundfünfzig und mit nur zwei Fingern an jeder Hand aus russischer Gefangenschaft zurückgekehrt war? Fanny erinnerte sich, wie der Förster im Dorf die kleinen Katzen erschlagen hatte, aber das war ein anderer gewesen. Es beunruhigte Fanny, dass sie an manchen Tagen nicht wusste, ob sie für die Schulkinder oder im Forsthaus zu kochen hatte. Sie hätte ohnehin keine Einkäufe mehr schleppen können, sagte sie sich dann, wenn sie die Schwäche ihres Körpers empfand. Die Wirklichkeit gehorchte nicht mehr der Ordnung, die Fanny ihr gegeben hatte. Die Eltern waren schon seit geraumer Zeit immer wieder aufgetaucht, nun schienen sie sich eingerichtet zu haben. Sie hausten wahrscheinlich gemeinsam mit Toni in der Werkstatt im Keller. Fanny hörte den Sohn unten arbeiten, hatte aber Angst, die steile Kellertreppe hinunterzusteigen. Auch wollte sie Toni nicht verscheuchen, wenn er tatsächlich dort eingezogen war. Er sollte ruhig bei ihr im Haus wohnen bleiben. Vielleicht wäre alles anders gekommen, wenn er bloß damals nicht in die Hauptstadt gegangen wäre. Manchmal schreckte Fanny aus ihrem leichten Schlaf hoch, weil der Lehrer sich in seiner Hälfte des Ehebetts herumgedreht hatte, doch wenn sie hinüberschaute, war er schon wieder verschwunden. Sie richtete sich auf und versuchte, kein Geräusch auf der Plastikunterlage zu erzeugen. Hinten in der Ecke neben dem Kleiderschrank vermutete Fanny den Vater. Dort stand er oft und schaute zum Fenster hinaus, so wie man sich einen Gefangenen vor dem einzigen Ausblick vorstellt. Fanny horchte, ob nicht der Sohn nachhause käme, ob er nicht wieder einmal die Haustür benutzen und zu ihr kommen würde, anstatt sich im Keller unsichtbar zu verkriechen. Sie glaubte, das Gartentor zu hören. Es gelang ihr, aufzustehen und in den Vorraum zu gehen. Das schleifende Geräusch auf dem Linoleum. Früher hatte Fanny lautlos sein können. Sie blieb neben der Tür stehen. Jemand ging vor dem Haus auf und ab. Toni war es nicht. Sie kannte die Schritte des Sohnes. Fanny brauchte die Haustür nicht zu öffnen, sie musste nicht in die Dunkelheit hinausschauen, um zu wissen, dass Gevatter Tod sich die Beine vertrat.

Der Wind strich um das Haus. Es war der kalte Wind aus der Höhe, aus dem Dorf, der zu ihr heruntergekommen war. Auch wenn er sanft wehte, Fanny erkannte ihn an seiner verborgenen Schärfe. Fannys Sinne waren feiner denn je, auch wenn ihr Körper dahinschwand. Sie schlief nicht, sie döste nur. Ans Essen dachte sie gar nicht mehr. Möglicherweise ging so die langsame Verwandlung in einen Geist vor sich. Fanny ließ den Gevatter Tod vor der Tür schreiten und ging wieder ins Bett. Das Schleifen auf dem Linoleum. Manchmal stand Fanny früh am Morgen auf und machte einen langsamen Rundgang durch das Haus. Es gab eine Stunde, die allererste des Tages, das Grau der Nacht hing noch in der Luft, aber es war endlich hell geworden, da war Fanny für sich. Niemand stand in den Ecken herum, niemand legte sich zu ihr ins Bett oder wartete in der Küche auf sie. Fanny ging durch die Stille und das frühe Licht. Im Wohnzimmer auf dem Parkettboden waren ihre Schritte fast nicht zu hören. Sie stellte sich vor das Fenster im Wohnzimmer und schaute in den Garten. Es gab Tage, an denen sah sie die Obstbäume und die Vögel, die von den Zwetschken fraßen, und dass man die Wiese hätte mähen müssen. Das waren die guten Tage. Es gab die anderen Tage, an denen Fanny bereute, hinausgeschaut zu haben und den Blick nicht mehr abwenden konnte. Sie konnte nicht einmal zwinkern. Ganz nackt waren ihre Augen für das Bild der Toten, die in den Obstbäumen hingen, aufgeknüpft zwischen Zwetschken und Äpfeln und blutig. Fanny schaute. Aus den Augenwinkeln war eine Bewegung zu sehen. Die Toten bewegten sich, sie bewegten ihre Füße. Es gelang Fanny, den Blick nach unten zu ziehen, zu den Füßen der Toten, um wenigstens nicht die Gesichter und die Hälse in den Seilen zu sehen. Offene Augen, offene Münder. Die aufgeknüpften Leiber schwankten leicht, als seien sie nicht tot, aber in Wirklichkeit waren sie es und wurden vom Wind angerührt. Fanny musste die Füße der Toten in den Obstbäumen betrachten und konnte sich nicht abwenden, bis endlich etwas passierte, bis oben auf der Straße ein Auto fuhr oder irgendwo Nachbarn sich

laut unterhielten. Dann nutzte Fanny diesen Lärm, um sich umzudrehen, so schnell sie konnte.

Sie wartete auf die Wochenenden, an denen Hanna kam. Immer wartete Fanny auf diese Wochenenden, die so kurz waren, während die Zeit dazwischen ein Sumpf war, in dem Fanny versank. Nach so vielen Jahren hatte sie sich wieder erinnert, wie ihr einmal das Moor begegnet war, sie war ein junges Mädchen gewesen. Sie wusste nicht, wohin sie damals gegangen war. Aus irgendeinem Grund war sie in der Nähe der Teiche unterwegs gewesen, als sie plötzlich mit einem Fuß bis zum Knöchel im Boden versank. Beinahe wäre sie nach vorne gefallen, fing sich aber noch und sank beim nächsten Schritt bis unter die Knie ein. Sie verharrte, sie durfte keine schnelle Bewegung machen. Niemand war da, weit und breit. Ihr Körper erinnerte sich, sie spürte es an den Füßen, den Unterschenkeln, über den Knien. Langsam hatte Fanny jeweils ein Bein aus dem Morast gezogen. Die Sonne schien heiß auf ihren Scheitel, die Luft summte. Bremsen setzten sich auf Fannys Brust, auf ihren Hals, und saugten ihr Blut. Sie zog ein Bein aus dem Morast, machte einen Schritt, versank wieder und bewegte das andere Bein vorwärts. Sie wusste, es war niemand in der Nähe, der ihr helfen würde. Sie drängte die Panik zurück, tief in sich hinein, zog ein Bein aus dem Sumpf, versank beim nächsten Schritt, bewegte das andere Bein. Die Arme hatte sie seitlich vom Körper weggestreckt. Arme und Hände durften nicht mit dem Sumpf in Berührung kommen, sie würde sich sonst nicht mehr halten können. Die Angst musste in der Körpermitte konzentriert werden, um sie nicht aus dem Gleichgewicht zu bringen. Irgendwann hatte Fanny den Waldrand erreicht. Zog ein Bein heraus und kroch dorthin, wo nichts nachgab, robbte auf dem Bauch zur nächsten Baumwurzel. Einen Moment war sie dort liegen geblieben, sie spürte die Rinde an der Stirn, die Bremsenstiche, die erst jetzt schmerzten und zu jucken begannen. Immer noch spürte sie das Saugen an den Schenkeln.

WIE DAS WATEN IM SUMPF war die Zeit zwischen den Wochenenden, an denen Hanna kam. Tiefer sinken, noch einmal das Bein herausziehen, noch tiefer sinken, die summende Stille voller Vögel und Insekten. Die Zeit zwischen den Wochenenden war die meiste Zeit. Fanny lag auf der Plastikunterlage. Manchmal hörte sie den Gevatter Tod gemessen, wie es seine Art war, durch die Zimmer gehen und nach ihr suchen. Er gelangte nicht bis ins Schlafzimmer. Fanny wartete, dass Hanna kommen und sie waschen würde. Viele Tage lang wartete sie auf das Gefühl, frisch gewaschen auf ihrem Sessel hinter der Wohnzimmertür zu sitzen, die dann geschlossen sein würde, während Hanna ihre Haare auf Lockenwickler drehte. Sie wartete darauf, Hannas Finger auf der Kopfhaut zu spüren, ihre Hand, die über Fannys Rücken strich.

SCHULMEISTERIN, das geht so nicht mehr. Du verhungerst mir, sagte Hanna. Es reiche nicht, dass sie Fanny alle zwei Wochen besuche. Sie könne aber nicht öfter kommen. Hanna stützte den Kopf in ihre Hände. Wir müssen uns etwas überlegen, sagte sie. Hanna verwendete das Wort Heim. Warum nicht? sagte sie. Fanny sagte, Hanna habe doch keine Ahnung. Hanna schlug vor, eine Frau anzustellen, die jeden Tag zu Fanny kommen würde. Hinter Hanna stand der Vater. Er schaute Fanny nicht an, sondern über sie hinweg zum Fenster. Mir kommt niemand ins Haus, sagte Fanny. Hanna sagte nichts. Mir kommt niemand ins Haus, wiederholte Fanny. Der Vater schaute über sie hinweg zum Fenster. Hanna wusste nicht, dass er hinter ihr stand. Sag so etwas nicht, sagte Fanny leise zu Hanna. Vielleicht könnte sie mit ihr noch einmal darüber reden, wenn der Vater nicht da war. Beim Abschied sagte Hanna, Fanny solle sich das überlegen, so gehe es nicht weiter. Sie legte ihre Arme vorsichtig um Fanny. Du Vogerl, sagte Hanna. Im Postkasten fand Fanny eine Karte, die die Enkeltochter geschickt hatte. Sie betrachtete das Bild auf der Vorderseite und die Schrift auf der Rückseite. Liebe Oma, konnte sie lesen, weil es so heißen musste. Fanny legte die Postkarte zu den anderen. Sie bewahrte sie in dem Buch mit den leeren Seiten auf, das die Enkeltochter ihr geschenkt hatte. Nur auf der ersten Seite stand etwas geschrieben, in derselben Handschrift wie auf den Postkarten.

AM ABEND SASS FANNY im Wohnzimmer auf der Couch, nicht auf dem Holzstuhl mit dem Lederbezug hinter der Tür. Heute wollte sie sich nicht in ihrem Winkel verstecken. Sie fühlte sich sehr müde. Die Rückenlehne der Couch war weicher als der Holzstuhl. Sie hatte kein Licht angemacht. Es war ein warmer Tag gewesen, ein früher Sommertag mit hellem Grün. Die Tür zur Terrasse und das Fenster standen offen. Die Nachtluft kam durch die Tür und das Fenster zu ihr ins Wohnzimmer. Fanny atmete. Sie roch das feuchte Gras, die dunklen Sträucher und den süßen Holzgeruch der Thujen. Der Mond und die Straßenlaterne vor dem Garten erhellten die Wiese und das Wohnzimmer. Von der Couch aus hatte Fanny einen anderen Ausblick als von ihrem Sessel hinter der Tür. Von hier aus sah sie nicht den Zwetschkenbaum, sondern das Holzgeländer der Terrasse. Die Rosenhecke war an der Steinmauer entlang bis über das Geländer hinauf gewachsen. Einzelne Äste voller Knospen und kleiner, roter Blüten streckten sich lang auf die Terrasse. Fanny saß auf der Couch und wartete. Sie hörte Schritte, ruhig und gemessen. Sie hatte sich zurückgelehnt und schaute zum Fenster, durch das die Nachtluft hereinkam. Sie atmete.